Chiara D'Amore, eine Mischung aus Zucker und Pfeffer, ist Ende zwanzig und hat jede Menge Verehrer. Trotzdem ist sie Single und intensiv auf der Suche nach ihrem Traummann. Die alltäglichen Konfrontationen mit dem Alleinsein, Torschlusspanik und Selbstzweifel belasten Chiara sehr. Nachdem jedoch Robert und rückblickend Steffen, Christian und Viktor sich als Alptraum entpuppt haben, muss sie einsehen, dass die Wahl des Richtigen gar nicht so einfach ist, weil auch sie selbst dazu beiträgt, dass er sich nicht finden lässt. Auf der Suche nach dem idealen Partner bemerkt sie irgendwann, dass der Weg zum Glück nicht allein von einem Mann abhängt. Selbstreflexion, Erinnerungen und ein mysteriöses Päckchen verhelfen ihr schließlich zur Einsicht.

Keren Gentile

CHIARA

AUF DER SUCHE NACH DEM RICHTIGEN

Roman

© 2006 – Keren Gentile
Umschlaggestaltung: Michael Dirk
Lektorat, Satz und Layout: Gunda Hinrichs (VFLL e.V.)
Herstellung und Verlag: Books on Demand GmbH, Norderstedt
Printed in Germany

ISBN-10: 3-8334-6651-0
ISBN-13: 978-3-8334-6651-9

VORWORT

„Wer schreibt, fixiert den Augenblick
und bewahrt ihn so vor dem Verschwinden."
Nagib Machfus (1911-2006)

Der Stoff zu diesem Roman ist aus dem wahren Leben gegriffen, dennoch ist diese Geschichte keine Autobiographie. Die Handlung ist teilweise frei erfunden, die Charaktere sind überzeichnet und jede Ähnlichkeit mit lebenden Personen ist mehr oder weniger zufällig.

Ich möchte an dieser Stelle meine Dankbarkeit zum Ausdruck bringen für die Unterstützung und Aufmunterung durch ALLE, DIE IMMER FEST AN MICH GEGLAUBT HABEN!

Weiterhin möchte ich mich herzlichst bei meiner Lektorin Gunda Hinrichs bedanken, die dem Text nicht nur den sprachlichen Feinschliff verliehen, sondern sich auch um das Layout gekümmert hat. Mein großer Dank geht auch an den Künstler Michael Dirk, der die Umschlaggestaltung übernahm und das Buch in optischer Hinsicht in einen Blickfang verwandelte.

Keren Gentile   September 2006

ERSTES KAPITEL

Er, 35/181/81, dunkelhaarig, mit meerblauen Augen, attraktiv und schlank, romantisch und doch realitätsnah, mit Biss, Humor und Spontaneität, sucht Frau fürs Leben. Habe ausgewildert und will nun nur noch (schlanke und hübsche) Kaninchen jagen, um eine Familie zu gründen. BmB. Bis bald.

Attraktiver Er, 33/180/80, mit Charme, Witz, Niveau und Stil, mal Macho, mal Softie, sucht das Besondere, eine Frau mit Ausstrahlung, die im Kleid wie in Jeans eine gute Figur macht, die liebevoll, temperament- und humorvoll ist. Wenn du dich angesprochen fühlst, dann melde dich. BmB.

Wenn all diese Selbsteinschätzungen der Wirklichkeit entsprachen, so waren die Typen doch geradezu perfekt! Aber warum hatten diese Männer mit den so tollen Eigenschaften es nötig, Anzeigen aufzugeben, um einen Gegenpart zu finden? Und warum habe ich noch nie einen „solchen" Mann gefunden?

„Was meinst du, Kathrin?", fragte ich meine Cousine. Sie legte den Löffel aus der Hand und trank genüsslich aus ihrer Teetasse.

„Hmh, hört sich alles ganz gut an! Aber ob du nun jemand per Zeitung oder ganz privat in einem Café kennenlernst, du weißt nie, was hinter der Fassade wirklich steckt. Am Anfang kriegst du immer ein großes Paket mit roter Schleife, aber den Inhalt siehst du erst, wenn du den Karton aufgemacht hast."

Sie hatte recht! Wir sahen uns amüsiert die Anzeigen weiter an und schmunzelten vor uns hin. Kathrin war schon seit über acht Jahren mit Ralf zusammen. Ja sicherlich, mit Höhen und Tiefen. Aber sie hatte es geschafft! Ob es wohl daran lag, dass es für beide die erste große Liebe war? Natürlich hatte jeder von beiden im Lauf der Zeit viele nette und tolle Menschen kennengelernt, aber im Endeffekt war es in ihrer Beziehung so, dass jeder den anderen in- und auswendig kannte. Sie hatten sich aneinander gewöhnt und schließlich war es viel zu anstrengend geworden, nach etwas anderem Ausschau zu halten, um dann nicht zu wissen, ob man an etwas Besseres oder Schlechteres geraten war.

Kathrin hatte ihr „Paket" bekommen und ausgepackt. Sie konnte mit den Macken leben, die Ralf an den Tag legte, und war über ihr Päckchen froh. Wieso also weitersuchen?

Ich selbst hatte wahrhaftig auch genug Höhen und Tiefen durchlebt mit meinen Männern, aber es blieb mir nicht erspart, immer wieder neue Päckchen zu öffnen.

An wirklich lange Beziehungen konnte ich mich gar nicht erinnern. War ich nicht in der Lage, eine längere Bindung einzugehen? Eigentlich, wenn ich so darüber nachdachte, waren doch alle meine Liebesbeziehungen gar nicht so schlecht gewesen. Dass sie nie lange hielten, lag vielleicht auch daran, dass man so jung und ungebunden nicht an die Zukunft denken wollte und schon gar nicht bereit war, Kompromisse zu schließen.

Ich hatte wie viele die Einstellung: Wenn es dieser nicht ist, dann eben ein anderer!

Jung fühlte ich mich nun derzeit aber gar nicht mehr! Eher wie eine langsam alternde Schachtel, die ungeöffnet zurückging. Na ja, nicht ganz! Was wollte ich denn eigentlich? Ein geregeltes Leben führen, arbeiten, heimkommen zu meinem Liebsten, lieben und leben? Hört sich ja irgendwie ganz gut an. Aber auch etwas langweilig!

Als ich am nächsten Morgen am Münchner Bahnhof stand, versicherte ich Kathrin, dass ich mich bei ihr melden würde, sobald ich bei mir zu Hause angekommen wäre.

„Du, das mit der Anzeige machst du! Das bleibt unter uns. Jetzt bist du noch jung, wag mal was."

Ich hörte schon meine Mutter sagen: „Mädchen, das hast du doch nicht nötig!"

Aber ich beherzigte den Rat, winkte meiner Cousine aus dem Zugabteil und fand es schade, dass das Wochenende schon vorbei war.

Daheim angekommen setzte ich mich hin und schrieb nach Lust und Laune einfach drauflos:

Hallo Unbekannter!

Ich weiß zwar nicht, wie oder was genau man auf eine Anzeige antwortet, aber ich denke, ich stelle mich erst mal vor:

Wie aus dem Briefumschlag ersichtlich ist, heiße ich Chiara. Ja ich weiß, ein etwas ungewöhnlicher Name! Aber das ist eine andere Geschichte. Eine teilweise südländische! Ha! Na ja, ich bin halb Italienerin und halb Deutsche. Um genau zu sein, in einem kleinen Vorort von Rom geboren.

Um auf meine Körpergröße zu kommen, ich bin 180 cm groß und (wie auf dem Bild zu sehen ist) schlank. Aber das ist immer eine Ansichtssache, oder? Tja, wohnhaft bin ich zurzeit in einem kleinen Städtchen vor Stuttgart.

Jetzt wird wahrscheinlich in deinen Augen ein großes UPPS… erscheinen. Du hast recht! Normal ist so eine Länge für eine Frau nicht. Aber was ist schon normal? Ich würde sagen, Normalität ist eher Zufall! Letztes Wochenende war ich bei meiner Cousine in München zu Besuch. Und wie es oft so ist, dass man beiläufig etwas tut und dabei etwas Wichtiges entdeckt, blätterte ich nichtsahnend in der Zeitung und da fand ich: dich!
Ich fand, dass dein Inserat nun eine besonders originelle Anzeige sei. Wir diskutierten und fragten uns, was einen 35-jährigen Mann zu einer solchen Anzeige bewegt. Du könntest natürlich ebenso fragen, was bewegt eine 27-jährige Frau (wie mich) eine Anzeige zu lesen und zu beantworten? Richtig! Man geht sofort davon aus, dass der oder die Betreffende nur hässlich, bezie-

hungsgeschädigt, dick oder verklemmt sein kann. Ich denke jedoch mittlerweile (auch wenn ich selbst noch nie eine Anzeige aufgegeben oder beantwortet habe), dass diese Eigenschaften nicht auf alle zutreffen müssen.

Es ist vielleicht ganz anders: Es ist einfach nur vernünftiger, seine Wünsche gezielt zu äußern. Man sucht nicht verzweifelt nach einem Partner und hat auch keine Probleme, Leute kennenzulernen, sondern man hat einfach nur Schwierigkeiten damit, den „Richtigen" oder die „Richtige" zu finden!

Wir leben leider in einer Gesellschaft, in der es aufgrund von Mangel an Kommunikation sehr viele Partnerschaftsprobleme gibt. Paare sind viele Jahre zusammen. Kennt man sich aber wirklich? Auf einen Schlag bemerkt man, dass der Partner eigentlich nie eine verbindliche Beziehung, nie Kinder usw. wollte oder nie den Wunsch hatte, zu heiraten.

Für eine solche Entwicklung gibt es bestimmt viele Gründe. Der Lebensgefährte (wenn er zu jung war) hat sich vielleicht verändert, oder solche grundsätzlichen Sachen wie Heiraten und Kinder sind nie geklärt worden. Oder es haben sich im Laufe der Jahre die Prioritäten und Interessen verschoben.

Das Zeitungsinserat ist eine andere Art, jemanden kennenzulernen! Der eine äußert seine Vorstellungen von einer Partnerschaft, der andere teilt diese und antwortet – oder auch nicht! Es werden immer unvorhersehbare Überraschungen auftreten wie z. B. die Optik oder das Gefühl, er oder sie sei der/die „Falsche".

Deshalb langer Worte kurzer Sinn! Warum nicht? Warum nicht antworten? Vielleicht lernt man den Mann seines Lebens kennen oder wenigstens einen Freund, mit dem man mal einen Kaffee trinken kann.

Also, nun gebe ich ganz privat meine Anzeige für dich auf:

************Soll ich nun dein Herzblatt sein???***********

Ich 27/180 cm groß, mit etwas italienischem Temperament, viel Humor, treu, Genießerin in allen Dingen, tanze, koche gut und gerne.

Suche keinen Traummann, sondern einen lieben Partner (wenn möglich größer als ich), der in einer positiven Einstellung und mit ernsten Absichten mit mir durchs Leben gehen, evtl. Kinder haben möchte (nicht zwingend) und Arbeit und Sport nicht an die erste Stelle seines Lebens setzt.

Wenn deine Anzeige und meine Anzeige zusammenpassen, dann melde dich einfach so wie ich mit Bild! Wenn es sich lohnt, wird die Distanz Stuttgart-München (2 Stunden Fahrt) vorerst kein Hindernis sein!

Liebe Grüße

Chiara

So, nun hatte ich mir alle Wünsche von der Seele geschrieben. Waren das aber nicht allzu hohe Ansprüche?

Nö!!!

Morgens auf dem Weg zur Arbeit warf ich schnell noch den Brief ein. Nun hieß es abwarten!

Wie schon so oft, brach bereits morgens das reinste Chaos über mich herein.

Ich war spät dran und vor lauter Hektik und Sorge, zu spät zur Bank zu kommen, und vor allem vor Angst, den Brief zu vergessen, rannte ich natürlich ohne den Schlüssel für meinen Spind im Geschäft aus dem Haus. Zum Glück war Mareike so nett und bot mir an, ihren Spind mitzubenutzen. Gut, dachte ich, dann hat sich das Problem erledigt und der Tag kann seinen gewohnten Lauf nehmen. Irrtum!!!

Denn es war Zahltag, bankintern auch Ultimo genannt. Da tummelte sich, wie zu jedem Monatsende, das ganze gute Volk von Stuttgart in der Bank. Nicht ganz, aber ein großer Teil!

Man muss wissen, dass ich bei einer Bank beschäftigt war, die einen reichlich schlechten Standort hatte. Ein Altersheim, ein soziales Viertel bildete die Nachbarschaft und ein Haufen Ausländer, Arbeitslose und Touristen waren die Kunden. Nicht, dass ich etwas gegen ältere Menschen oder Ausländer gehabt hätte. Ich war ja selbst eine Halbitalienerin. Zum Teil war es aber sehr anstrengend, mit ihnen

umzugehen, vor allem, wenn sie ohne jegliche Deutsch-
kenntnisse kamen. Die meisten wurden begleitet von Leu-
ten, die für sie übersetzen sollten, jedoch oft noch schlechteres Deutsch sprachen als sie selbst!

Teilweise verstand ich das Problem der älteren ausländi-
schen Kunden. Alltägliches war für sie sehr kompliziert
und mühsam, denn es war für sie nicht einfach, in fortge-
schrittenem Alter noch eine neue Sprache zu erlernen. Was
ich aber nicht verstand, war das Verhalten der jungen Leute! Da gab es 16-jährige, die die einfachsten Höflichkeits-
floskeln nicht beherrschten und nicht in der Lage waren,
sich halbwegs normale deutsche Umgangsformen anzueig-
nen.

Ich kannte das Problem, da auch mein Vater so schlechtes
Deutsch sprach. Er konnte es aber wenigstens gut verstehen!

Mein Halbruder Massimo brachte uns eines Tages zum
Lachen, als er bei uns in Deutschland zu Besuch war. Er
konnte kein Wort lesen, sprechen oder verstehen, da er in
Italien groß geworden war. Als wir auf dem Rückweg vom
Flughafen, von wo wir ihn abgeholt hatten, ein Stück auf
der Autobahn fuhren, um Zeit zu sparen, da bemerkte er
ganz überrascht: „Mensch, hier in Deutschland gibt es aber
viele Städte, die AUSFAHRT heißen!" So konnte es einem
gehen, wenn man in einem fremden Land war und die
Sprache nicht verstand.

Mir selbst war es immer besonders unangenehm, wenn
Männer an meinem Arbeitsplatz – Ausländer wie Inländer

– zu flirten versuchten. Trotz aller unverhohlener Anspielungen musste ich immer höflich und freundlich bleiben, obwohl ich sie am liebsten zum Teufel gejagt hätte.

Ich hatte etwas gegen diese aufdringlichen Männer, denen es egal war, dass ich kein Interesse an ihnen signalisierte und einfach nur meine Arbeit machen wollte. Ihre Aufdringlichkeit nervte mich. Also versuchte ich jedes Mal, die peinliche Situation mit einem breiten Grinsen zu überspielen. Wie gut, dass man meine Gedanken nicht lesen konnte. Trotz alledem fühlte ich mich aber in dieser Filiale sehr wohl. Das Team ergänzte und unterstützte sich gegenseitig.

Die Älteren meiner Kundschaft waren mir mittlerweile richtig ans Herz gewachsen. Sie kamen mir manchmal so hilflos und eingeschüchtert vor. Vor allem waren sie für jegliche Hilfe sehr dankbar. An diesem Tag hatte ich auch Frau Schatzi wieder bei mir am Schalter. Sie brauchte nicht viel zu sagen, denn ich wusste, dass sie nur Hilfe für eine Überweisung benötigte. Also füllte ich ihr den Überweisungsträger ohne großes Fragen und wie selbstverständlich aus. Ich sah in ihren Augen, wie dankbar sie dafür war, denn selbst wenn sie es gewollt hätte, wäre sie aufgrund ihrer Sprachschwierigkeiten nicht in der Lage gewesen, mir genau zu sagen, was sie brauchte. Da sie stotterte und ständig mit dem Kopf wackelte, nahm ich an, dass sie wohl einen Schlaganfall erlitten haben musste. Aber vielleicht hatte das auch eine andere Ursache, ich war ja keine Ärztin! Ich kann mich an das erste Mal erinnern, als ich Frau Schatzi versicherte, dass ich alles für sie erledigt hätte. Da streichelte sie mir sanft die Hand und steckte mir etwas

Süßes zu. Ich war so gerührt, dass mir fast die Tränen kamen. Ja, solche netten Kunden gab es auch.

So versuchte ich also, den Tag mit meinen alltäglichen Haupt- und Nebenaufgaben irgendwie herum zu kriegen, scannte Überweisungen ein, änderte Daueraufträge, eröffnete Girokonten oder Sparbücher usw. Schließlich machte ich auch meinen letzten Gang zum Überweisungskästchen.

„Mareike, ich leere mal schnell noch die Überweisungsbox, hältst du die Stellung?"

„Lass dir Zeit!", war wie immer ihre Antwort. Wir ergänzten uns prima damals. War ihr ein Kunde oder eine Aufgabe zu viel, übernahm ich die Angelegenheit und genauso umgekehrt.

„Also gut, schauen wir mal, was und wie viel noch im Briefkasten ist!"

Eine Menge! „IHHHHHH!!!" Was war das denn? Ich konnte es nicht fassen!

„Nee, also so was hatte ich ja noch nie!" Ich hatte echt gute Nerven und war auch verdreckte, übelriechende Kundschaft gewöhnt, ich habe mich nie über besoffene Kunden beschwert oder mich geweigert, verklebtes Kleingeld aus unbeschreiblichen Tüten mit Hand zu zählen, aber DAS?

Sprachlos stand ich da, und überlegte scharf, was das wohl war!?

Inmitten eines großen Stapels Überweisungen und Post befand sich ein unbeschreibliches, zusammengefaltetes Toilettenpapier. Ich versuchte es mit spitzen Fingern und möglichst wenig Berührung auf den Boden zu werfen (wobei natürlich auch der ganze Rest zu Boden fiel). So schnell war ich noch nie wieder an meinem Platz! Tobi grinste bereits über das ganze Gesicht. Anscheinend hatte er etwas beobachtet. Empört erzählte ich ihm das Geschehene.

„Komm stell dich nicht so an! War schon net so schlimm. Geht schon!!" Oh, er wusste, dass er mich damit rasend machen konnte.

„He Tobi, du, ich sag's dir noch mal! Ich habe keinen Putzfimmel, oder wie du es nennen willst. Ich hab nur was dagegen, dass ich, wenn ich nichtsahnend in einen Haufen Überweisungen greife, in ein zusammengefaltetes, verschissenes Klopapier fasse!"

„Beruhige dich! War doch nur ein Joke! Jetzt, wo du es sagst: Gestern war ein Rotzlöffel da, der einen Kredit haben wollte. Wir haben uns ziemlich in die Haare gekriegt. Was sollte ich dem denn sagen, wenn der einen Kredit haben will mit nur Sozialhilfe? Er hat sich verärgert umgedreht und beim Gehen in die Halle geschrien, er scheißt auf diese Bank!"

„Danke auch, echt, ich sag dir eins, beim nächsten Mal leerst du dann den Briefkasten!!!"

Tobi hatte kurze, stoppelige blonde Haare. Er war nicht so blond, wie man es oft nennt! Er hatte blaue Augen, und ein besonderes Merkmal war sein freches Lachen (oft ein dreckiges Grinsen, wobei seine Zahnlücke hervorschien).

Ach ja, er hatte ein Knackärschle, wie man hier im Lande zu sagen pflegt. Er hatte durchaus das gewisse Etwas, aber trotzdem war er nicht mein Typ, – doch was war schon mein Typ?

Wir forderten und neckten uns immer aufs Neue. Wie hieß das Sprichwort noch mal? „Was sich liebt, das neckt sich?"

Irgendwie konnten wir nicht miteinander, aber auch nicht ohne! Neulich fragte er mich, ob ich es schon mal mit Telefonsex versucht hätte. Ich hatte mir dann von ihm erklären lassen, meine Stimme würde besondere Schwingungen erzeugen, wenn man mich am Apparat hätte.

Aha, so also waren die Männer mit ihren Gedanken bei der Arbeit!

Eigentlich sind sie doch alle sehr einfach zu durchschauen und zu manipulieren. Ich denke, dass wir Mädels damals nur noch nicht schlau genug waren, das für unseren Vorteil zu nutzen.

ZWEITES KAPITEL

Die Woche verlief, nachdem sie so turbulent begonnen hatte, harmloser und schneller, als ich dachte. Das Wochenende war da, und nun? Weshalb freute ich mich eigentlich immer aufs Wochenende? Es gab doch niemanden, der mich daheim freudig erwartete. Außerdem hatte ich auch nichts Bestimmtes vor. Den Freitagabend und Samstag verbrachte man als Single eigentlich immer amüsant und ohne Probleme. Man besuchte seine Eltern und blieb ab und zu bei ihnen über Nacht.

Einen Abend verbrachte man in Gesellschaft von Freunden mit einem Videofilm oder man ging mit der Clique tanzen. Nur ein Weekend ohne Sonntag gab es nun mal nicht. Diese einsamen Sonntage, die ich krampfhaft mit putzen, aufräumen, fernsehen und telefonieren zu überstehen versuchte.

Jetzt kam mich eine tiefmelancholische Stimmung an, weil ich mich im Grunde furchtbar einsam fühlte! Konnte ich Spaß am Leben nur mit einem Mann an meiner Seite haben? Bestimmt nicht!

Die Sonn- und Feiertage waren aber nun mal einfach Tage, an denen ich nicht so genau wusste, was ich mit mir anfangen sollte. Lara, meine beste Freundin, war glücklich liiert und hatte mit der Verwandtschaft ihres Freundes

Alessandro genug zu tun. In der letzten Zeit sahen wir uns nicht mehr so oft, jede hatte nun ihr eigenes Leben, auch wenn wir wussten, dass wir wenn nötig für einander da waren.

Was machte ich nun dieses Wochenende? Auf meine Zuschrift hatte sich dieser unbekannte Traummann bis jetzt noch nicht gemeldet.

„Ach, was soll's, heute ist erst mal Freitag und Partytime angesagt!"

Ich hatte mich mit Lisa und drei von ihren Freundinnen verabredet, um ins *Mac* zu gehen. Wir gingen des Öfteren in dieses „In-Lokal" in Stuttgart. Eigentlich war es eher eine Cocktailbar, aber die Leute ließen sich nicht davon abhalten, auf den Tischen und in den engen Gängen zu tanzen, soweit es der Platz im Gedränge zuließ.

Wir hatten beschlossen, uns vor dem *Mac*-Event noch bei mir in meiner Anderthalb-Zimmerwohnung zu treffen und saßen nun, nachdem alle eingetrudelt waren, bei einer Flasche Wein und allerhand Arten von Snacks und Chips zusammen und tratschten. Ich war die „alte Henne" im Stall, denn Lisa, Niki, Susi und Nina waren alle erst Anfang zwanzig und damit zwar keine Küken mehr, aber immerhin noch junge Hühner ...

Weil wir im Vorfeld schon gespannt waren, was die Männer an diesem Abend wieder auf Lager haben würden, drehte sich das Gespräch mal wieder vorwiegend um das Thema „Männer".

20

Na ja, das Thema „Frauen" war für uns nicht so interessant, obwohl wir alle zusammen schon mal aus Frust behauptet hatten, lesbisch werden zu wollen. Mir fiel natürlich zum Thema „Die dümmsten Männer der Welt" etwas ein.

„Das Beste, was ich bis jetzt gehört habe, war: ‚Komm doch mit zu mir, ich zeig dir auch meinen Wellensittich!'"

Lisa daraufhin: „Wisst ihr noch, wie mich der Türsteher im SIR fragte: 'Willst du heute Nacht nicht auf meinem Nachttisch tanzen?'"

„Oder der Kumpel von Niki, wie hieß der noch mal?", fragte ich.

„Der hat doch allen Ernstes am Schluss des Abends gefragt, ob er heute Nacht nicht mein Hausmeister sein darf! Ich wollte ihm schon sagen, dass mein Rohr sicherlich nicht verstopft ist, hab's mir dann aber doch noch verkniffen!"

Wir brüllten vor Lachen! Na ja, Fantasie hatten wir alle!

Vor dem *Mac* stand wie üblich eine riesig lange Schlange. Ganz frech liefen wir rechts an allen anderen vorbei, grüßten die Türsteher nett, und drin waren wir. In Momenten wie diesen liebte ich es, eine Frau zu sein!

Es war irrsinnig voll, wir trafen viele Bekannte und Ex-Freunde, was uns im einen Fall freute, im anderen aber auch nicht! Deshalb entschieden wir uns nach ein paar Minuten, auf einen Sprung ins *Parsis* gleich um die Ecke zu gehen. Eine kleine In-Lokalität mit einer kleinen Tanzfläche. Wirklich sehr klein, aber schnuckelig und gemütlich. Es gab mehrere Sitzmöglichkeiten bei gedämpftem Licht in dezentem Ambiente.

Ich traf dort Yvonne, mit der zusammen ich früher mal in einer Diskothek gearbeitet hatte, in Begleitung ihres stinkreichen, arroganten Freundes. Wir freuten uns über das Wiedersehen und tanzten an der Bar.

Mein italienisches Temperament und etwas auffälliger Tanzstil stach anscheinend einer Gruppe von Mädels in die Augen, die doch tatsächlich mit dem Finger auf mich zeigten und mich auslachten! Normalerweise stört mich so etwas wenig, diesmal jedoch fand ich das derartig verletzend und unverschämt, dass ich ernsthaft böse war.

Wenn mich etwas maßlos aufregte, waren es Ungerechtigkeiten und Menschen ohne Anstand!

Ich sah Yvonne scharf in die Augen, denn sie wusste, dass die Mädels eine messerscharfe Zurechtweisung erwartete, wenn sie sich nicht benahmen und damit aufhörten, mich zu so beleidigen. Aber besser als Konfrontation, dachte ich mir, ist sich auf so ein Niveau überhaupt nicht erst einzulassen, und ging auf die Toilette. Auf dem Weg dorthin traf ich Oliver und erzählte ihm hörbar aufgeregt, was mich so geärgert hatte.

Plötzlich unterbrach uns ein hochgewachsener Mann und trat distanziert und merkwürdig an mich heran. Er fasste meine Hand und meinte: „Eine so hübsche Dame mit Anstand schrei doch hier nicht so herum!" Ich dachte zuerst, er wäre der Türsteher oder der Inhaber.

„Aber …", versuchte ich zu erwidern. Konnte jedoch nichts zu meiner Verteidigung vorbringen, denn ich wusste, dass mein Temperament mit mir durchgegangen war. Andererseits war klar, dass ich ansonsten genug Anstand besaß.

Dieser etwa 36-jährige Mann, der aus dem Nichts kam, blickte mir tief in die Augen und zog mich dann an einer Hand an ein Pult zum Reden.

„Okay, ich geh dann mal weiter", grinste Oliver und verschwand in der Menge. Den Rest des Abends verbrachten wir miteinander an diesem Pult und auf dem Sofa, das im Gang stand. Die Mädels, mit denen ich dort war, schauten ab und zu vorbei, um zu sehen, ob alles in Ordnung wäre, und verschwanden dann wieder zum Tanzen.

Ins Gespräch vertieft bemerkte ich, dass ich gegrüßt wurde. Es war Günther, mit dem ich vor Zeiten mal eine Liaison eingegangen war, aber wir hatten uns aus den Augen verloren, da er keine feste Bindung wollte wie so viele, die ich traf! Er war erst seit kurzem geschieden und hatte zwei Kinder. Ich glaube, Günther war der kleinste meiner Liebhaber überhaupt: knappe einssiebzig groß.

„Chiara, was macht die Liebe? Immer noch solo?", fragte er und musterte Robert, den für mich noch unbekannten Mann. Ich grinste: „Ja, noch solo!".

In diesem Moment zog mich Robert ganz unerwartet an der Gürtelschlaufe meines Rocks ganz nah an sich heran, und Günther zog sich mit einem breiten Grinsen zurück.

Was sollte diese Geste bedeuten? Robert war anscheinend kein unbeschriebenes Blatt, da er von allen Seiten laufend gegrüßt wurde. Er bestellte für uns beide Wodka Red Bull, und wir hatten die Gläser noch nicht geleert, als eine noch jüngere Frau total betrunken zu uns an den Tisch trat und mein Glas auf einen Schluck austrank.

Frech war das ja schon, aber anscheinend kannten sich die beiden, und deshalb zog ich es vor, freundlich zu bleiben und beachtete das Mädchen nicht mehr als nötig.

Unser Gespräch verlief ausgesprochen seltsam. Er erklärte mir, er sei kein gewöhnlicher Mann und müsse, da er mit seinem Geschäft an die Börse gegangen wäre, für den Rest seines Lebens nicht mehr arbeiten. Dass er glücklich geschieden sei, sagte er, und dass er etwas Besonderes in meiner Gegenwart spüre.

Spürte er bitteschön vielleicht auch, was ich dachte? Dass ich enttäuscht war, weil ich hören musste, dass auch dieser Mann wieder geschieden war, viel Geld und komische Ambitionen hatte??? Was interessierte mich sein Geld!

„Glaub mir, mich interessieren dein Geld und deine Autos nicht. Ich bin schon fast in jedem Auto mitgefahren und hatte Millionäre zum Freund, aber das ist für mich nicht der Weg zum Glück!"

Als wir am späten Abend alle zum Aufbruch bereit waren, verabschiedeten Robert und ich uns mit einer innigen Umarmung und ich fragte ihn, ob er noch kurz auf mich warten würde, bis ich von der Toilette zurückkäme. Während ich die Treppen zu den WCs hinabstieg, hörte ich ein lautes Schreien und Schluchzen, dachte mir jedoch nichts dabei.

Als ich jedoch wieder oben war, war Robert, der unbekannte Mann, weg und übrig war nur das junge, freche Mädel, das mir meinen Wodka weggetrunken hatte. Sie saß heulend auf dem Sofa. Da ich mir nicht vorstellen konnte, dass Robert einfach gegangen war, lief ich noch schnell vor die Tür, aber sehen konnte ich ihn nicht, zu hören war nur noch der Klang seiner Harley Davidson, und weg war er. Ich schaute auf seine Visitenkarte, die er mir vorher gegeben hatte. CONSULTING, Chairman, ROBERT DUVALL. Ich wusste nicht, was ich von alledem halten sollte. Fotograf, Chairman und selbständig? Das schlimmste stand mir noch bevor.

Niki und ich waren hinausgegangen, standen jetzt draußen und warteten auf den Rest der Clique. Kurz darauf folgte mir das heulende Mädchen.

Wütend und aufgelöst schrie sie: „So ein Arsch, am Montag schläft er noch mit mir, und jetzt?!!!" Die Leute drehten sich nach ihr um.

„Sei ehrlich, kennst du ihn schon lange?", fragte sie mich aufgewühlt.

„Nein, wieso?", antwortete ich fragend.

„Hatte ich mir doch gedacht, dass diese Geschichte mit der alten Freundin nicht stimmt! Er hat mir erst vor kurzem sündhaft teure Stiefel zum Geburtstag geschenkt. Wirst sehen, die anderen, die er noch im Auto hat, bekommst dann du. Hast doch bestimmt auch Größe 39, stimmt's?"

Ich verstand gar nichts, und wenn das alles stimmte, was sie sagte, dann war das ziemlich makaber.

„Du hör mal, selbst wenn er mit dir etwas hatte, geht mich das gar nichts an, denn da kannte er mich noch nicht. Ich habe erstens keinerlei Ansprüche an diesen Mann, den ich übrigens erst seit heute kenne. Zweitens habe ich mich mit Robert lediglich unterhalten. Ob ich ihn nun noch mal treffe oder nicht, ist allein meine Angelegenheit."

„Ja, aber", schluchzte sie wieder, „wieso hat er mich heute noch gefragt, ob ich ins Parsis komme?"

Oh je, da hatte ich mich auf etwas eingelassen. Sollte ich mich bei diesem mysteriös-dubiosen Mann mit den rotblonden Haaren melden? Er war zwar beeindruckend gut gebaut, aber hatten rothaarige Menschen nicht einen schlechten Ruf und waren für Hinterlist und Falschheit bekannt? Oder war das nur ein Vorurteil? No risk, no fun!

Ich schickte ihm an diesem Abend schließlich doch noch ganz unverbindlich eine kurze SMS, worauf er gleich mit

Anspielungen bezüglich eines Treffens am Sonntag reagierte.

Die Entscheidung, ob ich mich darauf einlassen sollte, verschob ich auf den nächsten Morgen, denn ich wollte mir das alles noch mal durch den Kopf gehen lassen.

Am nächsten Morgen bekam ich einen Anruf von ihm mit einer Einladung zu einem Glas Wein bei ihm zu Hause. Als er mein Zögern spürte, reagierte er aufbrausend: „Das ist schon klar, nach dem, was die Tante gestern abgezogen hat. Da würde ich auch nicht zu mir nach Hause kommen. Robert tanzt womöglich noch nackt in der Wohnung rum!"

„Jetzt mach mal einen Punkt", erwiderte ich. „Ich habe gelernt, mir eine eigene Meinung zu bilden!"

Seinen Charakter einzuschätzen war allerdings schwierig, und meine Naivität in diesem Fall war mein größter Fehler, wie sich bald herausstellen sollte.

„Die bekommt erst mal eine Lektion verpasst, und mal schauen, was die ohne ihren Job macht. Die wird nie wieder Lügen oder Geschichten über mich erzählen!"

„Egal, was jemand erzählt oder macht, man sollte nie solche Mittel einsetzen, um jemanden zu bestrafen, auch wenn man die Möglichkeiten dazu hat!", antwortete ich erschüttert.

„Wenn du meinst! Dann werde ich mir halt was anderes überlegen!"

Wohl war mir bei der Sache gar nicht. Was für Beziehungen pflegte dieser Mensch? Zu welchen Mitteln würde er greifen, wenn er die Macht dazu hatte? Was war dieser Mann im Stande zu tun, wenn man seinen Erwartungen nicht gerecht wurde?

Wir trafen uns ganz unverbindlich in seinem Lieblingslokal in Stuttgart, einem an einen kleinen Delikatessladen angeschlossenen Restaurant. Während des Essens erschien er mir sehr zurückhaltend, mit guten Manieren. Es fiel mir schwer zu glauben, dass dieser Mann skrupellos und unehrlich sein oder etwas tun könnte, was mir Schaden zufügte. Deshalb entschied ich mich spontan wie immer, mit zu ihm nach Hause zu gehen.

An diesem Abend begann sich mein Leben zu verändern. Wir redeten, oder besser, er redete, denn er war nicht nur ein guter und rhetorisch gewandter Redner, sondern er erzählte auch gerne, wenn man ihm zuhörte.

Er erzählte von seiner Kindheit, wie er bei den Großeltern in Brasilien aufgewachsen war, und von den Zigarrenplantagen, die sie besaßen. Hatte er daher seinen Tick mit dem Zigarrerauchen? Ganz ausführlich schilderte er seine Erfahrungen mit den Frauen, besonders die mit seiner Ex-Frau, von der er sich erst vor kurzem getrennt hatte, obwohl sie schon seit Jahren offiziell geschieden waren.

Eine ziemlich unangenehme Situation, die da für mich entstand, aber ich hörte ihm aufmerksam und fast andächtig zu. Selbst die Geschichte von einem Gefängnisaufenthalt, zu dem er vor Jahren unschuldig verurteilt worden war, schockierte mich nicht im geringsten und ließ mich auch nicht schlecht von ihm denken. Nachträglich frage ich mich, wieso eigentlich nicht. Bei vielen Männern hatte ich schon wegen Lächerlichkeiten die Flucht ergriffen. Aber zu diesem, der mir gleich zu Anfang eine beinahe kriminelle Karriere auftischte, fasste ich blindes Vertrauen. Kein gewöhnlicher Mann hatte in seinem Alter schon so viel erreicht wie er. Finanziell war er abgesichert. Mit welchen Mitteln aber hatte er all das erreicht? Es schien alles zu perfekt.

Die darauffolgende Woche verlief ohne besondere Vorkommnisse und verging schneller als gedacht. Robert aber machte sich rar und meldete sich nur selten. Wenn er sich meldete, dann immer nur kurz und knapp. Dafür aber bekam ich ganz unerwartet an einem Samstagmorgen Post.

Wer mochte das wohl sein? Ich konnte mir nicht vorstellen, wer mir schreiben könnte. Oder war es doch dieser Unbekannte aus der Zeitungsanzeige?

Hastig öffnete ich den säuberlich handbeschrifteten Briefumschlag:

Liebe Chiara,

vielen Dank für deinen herzlichen und offenen Brief. Selten habe ich so einen netten Brief bekommen! Um auf deine Frage zu antworten. Ja, ich will Dein Herzblatt sein! Erst mal muss ich mich für die späte Antwort entschuldigen. Für längere Zeit war ich geschäftlich verreist und deshalb nicht in der Lage, früher zu antworten.

Wenn mein Brief und meine Optik ebenso einen kleinen bleibenden Eindruck hinterlassen, würde ich mich sehr über eine Antwort freuen. Anbei meine Telefonnummer.

Für mich ist es sicherlich kein Problem, Dich mal in Stuttgart zu besuchen.

Verbleibe mit lieben Grüßen

Marc Speyer

Ich entnahm dem Umschlag ein kleines Foto, worauf zwei Männer aus der Ferne zu sehen waren. Sie posierten vor irgendeinem Geländer mit hohen Bergen im Hintergrund. Super, welcher der beiden Touristen war denn nun Marc? Ich wendete das Bild und fand einen Hinweis: „Der rechte auf dem Bild bin ich."

Egal, welchen ich auf dem Bild betrachtete, ob den rechten oder den linken, ganz ehrlich gefiel mir keiner von beiden.

Nach fast einem Monat meldete sich nun dieser unbekannte Kaninchenjäger. Konnte man, nur weil man geschäftlich unterwegs war, sich nicht melden? Und als Entschuldigung dann einen kurzen, knackigen Brief mit einem unerkennbaren Konterfei schicken?

Nein, diesen Mann wollte ich nicht näher kennen lernen. Vielleicht suchte ich auch nur Ausreden, da Robert nun schon viel zu sehr in meinem Kopf herumschwirrte.

Ja, ich wollte Robert und keinen anderen!

Ich legte den Brief aus der Hand und verschob die Entscheidung, Marc noch zu antworten, auf irgendwann.

Robert teilte mir schon beim zweiten Treffen mit, dass er nicht ganz ehrlich zu mir gewesen sei, was er mir bereits per SMS schon anzudeuten versucht hatte.

„Wir sollten ehrlich zueinander sein! Ich werde nicht mehr lange zu leben haben!"

Mir wurde schlecht und ich konnte die Worte, die er sagte, gar nicht fassen.

„Wie lange?", traute ich mich leise zu fragen.

„Ein oder zwei Jahre ...? Ich weiß es nicht genau. Bei einem Taucherunfall habe ich mir einen gravierenden Herzschaden zugezogen und dieses Loch kann man leider nicht mehr flicken. Ich kann nur noch hoffen, dass bestimmte Medikamente das Ende hinauszögern. Mein Herz kann jederzeit aufhören zu schlagen. Und dass ich zurzeit so geschwächt bin, liegt an den Mitteln, die ich zur Verdünnung des Blutes nehmen muss. – Bei diesem Taucherunfall kam ein Mädchen ums Leben, dessen Tauchlehrer ich war. Das Loch in meinem Herzen hat man erst viel später entdeckt."

Diese Neuigkeiten warfen mich komplett aus der Bahn. Ich hatte Gefühle entwickelt, die ich nie zuvor empfinden durfte! Eine andere Art von Zuneigung, wenn nicht Liebe. Wahre Liebe aber konnte sich in nur so kurzer Zeit doch nicht entwickelt haben, oder?!

Ich kannte das Gefühl nicht, jemandem so nahe zu sein oder etwas so Starkes zu empfinden, ohne jeglichen Sex mit ihm gehabt zu haben. Wir küssten uns kaum und hatten noch nicht miteinander geschlafen, und trotzdem stieg etwas Merkwürdiges in mir hoch, wenn wir uns berührten, umarmten, ansahen oder wenn ich nur seine männliche Stimme hörte.

Lag es daran, dass er älter und erfahrener war? So bedeutend und einflussreich?

Nein! Was bewegte ihn nur dazu, mir nach nur zwei Wochen, in denen wir uns, da er viel geschäftlich unterwegs war, vielleicht zweimal gesehen hatten, diese schreckliche Neuigkeit mitzuteilen!? Jetzt, wo wir miteinander intim geworden waren? Wir lagen noch nackt auf dem Sofa, und ich konnte meine Tränen nicht mehr zurückhalten.

„Süße, nicht weinen. Ich habe doch allen Grund zu weinen, nicht du!", flüsterte er mir ins Ohr und streichelte meine Haut.

Er schien geschwächt und müde – und versuchte doch gefasst zu wirken und sich nichts anmerken zu lassen.

An diesem Abend erlebte ich zum ersten Mal, wie er eine Herzattacke erlitt. Er legte sich auf den Boden und griff sich vor Schmerz an die Brust.

„Keine Angst, es geht gleich vorbei. Halt' nur meine Hand!"

Er hatte Mühe zu reden. Man merkte sichtlich, dass es ihn sehr anstrengte. Nun begriff ich, wieso er mir anfangs den Pincode für sein Handy gegeben hatte. Er bat mich, mir diesen Pin gut zu merken, falls mal etwas sein sollte und die Notwendigkeit bestünde, das Handy zu benutzen, um Hilfe zu rufen.

Als es ihm besser ging, legte er sich ins Bett, und ich verließ aufgewühlt das Haus.

Wie konnte so etwas vorkommen? Da hatte ich nun jemanden kennengelernt, den ich aufrichtig bewunderte, auf eine besondere Art und Weise lieben gelernt hatte, und dieser Mensch musste nun sterben???

Wie ungerecht war denn diese Welt???

Mir war klar, dass ich mit niemandem darüber reden durfte, denn es war allein seine Entscheidung, das Geheimnis seines Schicksals einem anderen Menschen anzuvertrauen. Da er mit vielen Firmen und Banken zusammenarbeitete, würde jeder sofort Bescheid wissen. Er warnte mich überdies deutlich davor, jemals, in welchem Zusammenhang auch immer, seinen Namen zu erwähnen.

Ich musste jedoch einfach mit jemandem reden. Wie hätte ich diese Nacht den Gedanken an den Tod verdrängen können?

So rief ich mitten in der Nacht noch meine Mutter an, denn sie wusste von einem neuen Mann in meinem Leben, für den ich schwärmte.

„Beruhige dich, mach das Beste daraus! Vielleicht gibt es neue Möglichkeiten, solche Sachen zu behandeln", sagte meine Mutter mit sanfter Stimme.

„Aber Ma, er wird sterben. Er wird sterben!!!", schluchzte ich verzweifelt ins Telefon.

Meine Mutter konnte mit dem Thema Tod gut umgehen, da sie als Krankenschwester damit leider sehr oft konfrontiert war. Sie war nicht nur meine Mutter, die immer jederzeit für mich da war, sondern auch wie meine beste Freundin. Durch ihre Gelassenheit, Ruhe und liebevolle Art beruhigte sie mich ein wenig, so dass ich mich nach ein paar Gläschen Grappa ins Bett legen konnte, um erst mal alles zu vergessen. Wenigstens heute Nacht!

„Morgen, morgen sehen wir weiter!"

DRITTES KAPITEL

Die folgenden Tage versuchte ich, den aufwühlenden Abend mit Robert zu vergessen. Es war jedoch schwer, diese Mixtur von Gefühlen, die er in mir ausgelöst hatte, zu verdrängen. Selbst Kollegen und Freunde bemerkten meinen Stimmungswechsel.

„Ich denke du bist glücklich verliebt? Wo ist das Strahlen in deinen Augen, das du noch vor Tagen hattest?"

Das waren die Fragen, denen ich laufend auswich, weil sie mich noch trauriger machten, als ich schon war.

„Es ist alles Bestens. Mein Schatz hat nur sehr wenig Zeit für mich!", versuchte ich zu erklären. Was ja in Wahrheit stimmte. Dass ich mich jedoch beständig sorgte, wenn er nicht ans Telefon ging oder sich nicht regelmäßig meldete, konnte ich nur verschweigen.

Dass ich mir ständig vorstellte, wie er am Boden in seiner Wohnung lag und einen Schwächeanfall erlitt oder sogar tot war!? Nein, das behielt ich lieber für mich! Diese schrecklichen Vorstellungen ließen mich still und leise leiden.

So kam es, dass ich an den ruhigen Tagen, an denen er sich oft nicht meldete, eine Art Prosagedicht für ihn schrieb:

Kreislauf der Zeit

Manch einem mag die Zeit etwas Lästiges oder sogar Verletzendes sein. Sie begleitet uns täglich und wird unerträglich, wenn man in den Spiegel schaut und sie sieht, dass es einem graut. Die Gesetze der Zeit fesseln uns an Ketten, die Jugend vergeht, man kann sie nicht retten.

Wenn man es aber genauer bedenkt, bekommt man das Altwerden nicht geschenkt. Tägliche Arbeit und tägliche Sorgen, wie wird das Morgen? Die Zukunft ist vage, heute muss man kämpfen, sich durchboxen und behaupten im Dschungel der Menschen. Auch Trinken und Rauchen, durchfeierte Nächte, Streit mit dem Partner und Spiegelgefechte, das alles zieht Spuren wie Hammer und Meißel. Wen wundert es da, dass das Leben Wunden schlägt wie eine Geißel? Oft bleiben tiefe Narben zurück und es ist ein Schreck, wenn man sie erkennt!

Das Elternhaus geht aus dem Kopf nur schwer heraus. Die Kindheitserfahrungen mögen schöne und lehrreiche gewesen sein, doch vergessen werden sie NIE! Menschen, die man irgendwann getroffen hat, haben uns Glück geschenkt, und uns doch tief ins Unglück gestürzt. Nie weiß man genau, ob das Vertrauen gerechtfertigt war. Habe ich dem Falschen vertraut? Oder war ich zu stolz, und mein Ideal zu hoch? Wäre ich sonst heute noch mit diesem oder jenem zusammen? Oder hätte ich manche Menschen am besten nie getroffen? Vielleicht hätte ich manche Chance gehabt, die nun vergeben ist? Fragen über Fragen.

Immer werden wir im Leben Fragen haben!

Wenn jemand kommt, der meint, er mag dich nicht, dann schau einfach weg, mach dir nichts daraus, es bedeutet nichts! Schau in den Kreislauf der Zeit, in die Zukunft, die noch übrig bleibt! Nimm dich so, wie du bist, auch wenn du das, was war, NIE vergisst!!! Vielleicht werden wir nie wissen, wer wir sind, und doch: Vertraue auf dich, denn alles im Leben hat seinen Sinn!

In Liebe

Deine Chiara

Eines Tages lud mich Robert zu sich zu einem Samstagabendessen ein, zusammen mit seinem besten Freund. Als ich die Wohnung betrat, wartete Pierre bereits auf dem Balkon an einem schön gedeckten Tisch. Gutgelaunt nahm Robert mich in Empfang.

„Süße, schön dass du da bist! Ich habe dir auf der Kommode einen Karton hergerichtet. Schau mal rein. Ich hoffe, sie gefallen dir und es ist deine Schuhgröße!"

Ich öffnete den Karton und entdeckte teure, schwarze, hohe Stiefel. Die Prophezeiung des weinenden Mädchens an unserem ersten Abend hatte sich erfüllt. Ich versuchte meine Unsicherheit zu verstecken, freute mich aber trotzdem.

„Vielen Dank, mein Schatz. Die müssen ja ganz schön teuer gewesen sein. Hast du ein Warenlager?", fragte ich ihn spitz.

„Quatsch! Ein Freund von mir besitzt einen Schuhladen. Er hat mich gebeten, etwas Werbung für seine Modelle zu machen und eventuelle Großkunden für ihn zu werben."

Ich beschloss, einfach alles so im Raum stehen zu lassen und einen der seltenen gemeinsamen Abende zu genießen.

*

Es nahte mein Geburtstag. Zwei Wochen waren nun vergangen, dass wir uns kennen und lieben gelernt hatten. Eigentlich fast unmöglich, und doch waren diese entscheidenden Gefühle präsent. Ich hoffte, dass Robert sich wenigstens bei diesem Anlass mehr Zeit als sonst für mich nehmen würde.

Schließlich hatten wir noch nie eine ganze Nacht miteinander verbracht oder er mich in meiner bescheidenen Hütte besucht. Es waren meist immer nur ein paar Stunden, die ich bei ihm bleiben konnte, wenn ich abends fast 40 Kilometer zu ihm gefahren war.

Meine Vorbereitungen für die Geburtstagsfeier liefen auf Hochtouren. Doro, meine Nachbarin, war mit ihrer Schwester schon hilfsbereit vor Ort. Ich war aufgekratzt, denn meine Freunde und meine beiden Schwestern hatten diesen mysteriösen Mann noch nicht kennengelernt. Langsam trudelten die ersten Gäste zum Kaffee ein.

Es klingelte, Robert meldete sich durch die Sprechanlage und mein Herz fing an zu klopfen und schlug immer schneller. War in meiner Wohnung alles ordentlich genug?

Wie sah ich aus? Hoffentlich noch nicht zu abgeschafft! Was würden die anderen von ihm halten?

In der einen Hand trug er einen großen Blumentopf aus Terrakotta mit einer wunderschönen Pflanze mit pinkfarbenen Blüten darin. In der anderen hielt er einen geblümten Karton mit einer silberglitzernden Schleife. Er drückte mir sanft einen Kuss auf die Lippen, schmiegte sich ganz fest an mich und übergab mir zu all den Geschenken noch einen länglichen Umschlag, der mit einem Siegel verschlossen war.

Sehr romantisch, dachte ich mir, aber selbst in meinen Tagträumen hatte ich mir nicht auszumalen gewagt, dass einmal solche Zeilen wie die, die ich dann las, an mich gerichtet sein würden.

„Bitte öffne ihn alleine!", flüsterte er mir zu.

So verschwanden wir kurz in das viel zu kleine Bad, in dem wir beide gerade noch Platz hatten.

Liebe Chiara,

Begegnungen wie unsere passieren einem im Leben nur selten und sind von großer Bedeutung. Mir ist nicht klar, warum und womit ich dich verdient habe, mir ist auch nicht klar, wie es weitergehen wird und ob ich die Erwartungen, die du an mich hast, erfüllen kann, aber wie auch immer – alles hat einen Sinn.

Auf alle Fälle ist ein Leben nicht genug, um alles zu entdecken, was zwischen uns verborgen ist, nicht genug, um alles zu erwecken, was noch schläft, wir haben also viel vor.

Liebe, Glück, wahre Freunde und Gesundheit wünsche ich dir von ganzem Herzen zu deinem 28. Geburtstag und ich danke deiner Mutter, dass es dich gibt.

In Liebe

Robert Duvall

Mir fehlten die Worte und ich versuchte meine Verlegenheit und die Tränen in den Augen vor Robert zu verbergen, indem ich mit ihm in den Wohnraum trat und ihn stolz meinen Gästen vorstellte.

Ich öffnete gespannt den Karton und bewunderte neue schwarze Pumps mit einem Absatz von mindestens sieben Zentimetern. Wir amüsierten uns bei meinem ersten Probelauf in der Wohnung.

Er liebte es nicht nur, seine Redegewandtheit zur Schau zu stellen, sondern es machte ihm auch Spaß, die Menschen in ihrer Art zu analysieren. Er bedrängte die zurückhaltende Doro und ihre schüchterne Schwester in einer solchen Weise, dass beide zugleich hilfesuchend in die Runde blickten. Er versuchte krampfhaft, ihre Zurückhaltung zu brechen und herauszufinden, wieso beide so verschlossen waren.

Ich zwinkerte meiner Schwester Stella zu. Wir verstanden uns ohne Worte!

Während ich noch mit der Bewirtung und meinem Hauptgang für den Abend beschäftigt war, beobachtete ich ab und zu die Gesellschaft und sah, wie Robert sich intensiv mit Stella unterhielt. Stella, die mittlere in der Geschwisterreihe, war die hübscheste in der Familie. Das komplette Gegenteil von mir.

Zierlich, schmal, mit langen dunklen Haaren und einem dunklen Teint. Dunkelbraune Rehaugen und eine kleine Nase, die ihr Gesicht sehr fein wirken ließ, machten sie zu einer außergewöhnlich aparten Erscheinung. Jede von uns dreien war hübsch auf ihre Art, sie jedoch kam bei allen Männern auf Anhieb gut an.

Wir drei Schwestern liebten einander und vertrauten uns blind. Niemals, niemals hätte die eine der anderen den Freund madig gemacht oder etwas ohne Absprache getan.

Stella wartete nun schon fast über eine Stunde auf Marco, ihren Freund, der schon zweimal angerufen und ihr versprochen hatte, gleich da zu sein.

Ein gefundenes Fressen für Robert. Stella war schon etwas genervt, als er dann endlich eintraf. Robert stellte ihn natürlich gleich laut zur Rede.

„Lässt man eine hübsche Dame so lange warten?" Es wurde still.

Das hätte er sich ja auch denken können!

Marco war ein zurückhaltender, schüchterner, großer, schlanker Mann, der sich lieber im Hintergrund hielt. Genau das Gegenteil von Robert. Er schien unscheinbar, beruflich hatte er jedoch großen Erfolg und erfuhr viel Bestätigung in seiner Position. Er arbeitete seit Jahren in einem großen Unternehmen, verdiente sehr gut, hatte aber wenig Zeit für meine Schwester.

Ja, und mit der Pünktlichkeit nahm er es nicht so genau! Seit fast zwei Jahren waren die beiden nun zusammen und wohnten in seinem Häuschen in einem kleinen Vorort. Dass sie glücklich miteinander waren, bezweifle ich.

Vielleicht hatte jeder von ihnen Angst vor dem Alleinsein oder vor der Ungewissheit, ob man nach einer Trennung etwas Besseres finden würde. War es Gewohnheit oder Bequemlichkeit?

Ich genoss jedoch den Gedanken, dass Robert und Stella sich gut verstanden, und widmete mich der Zubereitung meiner Lasagne.

Nachdem das meiste getan war, trat meine Schwester an mich heran und raunte mir heimlich zu, dass Robert mit ihr über sein Vermächtnis geredet hätte, dass er mir sein Volvo-Cabrio vermachen wolle und nun dabei wäre, alles zu veranlassen. Ganz schön makaber, dachte ich, und setzte mich hin, um einen doppelten Schnaps zu trinken. Ich musste das alles erst mal verdauen!

Alle, die ich erwartet hatte, waren eingetroffen. Selbst Freunde von Lisa aus Hannover und ihr damaliger Freund Toni hatten sich auf den Weg gemacht, um mitzufeiern.

Nach dem Essen, als alle satt und zufrieden waren, planten wir, wie vorher schon besprochen, den Abend im *Parsis* ausklingen zu lassen.

Zu meiner großen Enttäuschung wollte Robert zuerst einmal alleine heimfahren und später nachkommen.

„Schläfst du heute Abend nicht bei mir?", fragte ich enttäuscht.

„Nein, meine Süße! Ich fühle mich heute sehr schwach. Bitte sei nicht böse!"

Ich konnte ihm gar nicht böse sein, dazu war ich viel zu berauscht von meinen Gefühlen für ihn!

Im *Parsis,* dem Ort, an dem alles begonnen hatte, war eine Lounge für uns reserviert, so dass wir ohne Robert weiterfeierten. So wirklich unbeschwert feiern konnte ich aber nicht. Wann kam er denn endlich? Ich beschloss, mit Susi eine Runde zu drehen. Da stand ER!

Ganz in weiß gekleidet, wie ein Arzt, braungebrannt, einsneunzig groß mit muskulöser Statur – eine auffällige Erscheinung. Er stand mit seinen Freunden, unter denen wirkliche Ärzte und Geschäftspartner waren, im Flur und stellte uns einander vor.

„Schatz, geh schon mal vor, ich komme gleich nach. Ich kann meine Freunde nicht alleine lassen!"

Dies war mein Geburtstag und er machte sich Sorgen, weil seine erwachsenen Freunde *einmal* auf seine Gesellschaft verzichten sollten?

Nichtsdestotrotz ging ich mit Susi zurück zu den anderen. Wir beobachteten neugierig von weitem sein Verhalten. Dauernd hielten irgendwelche Leute an, um ihn zu begrüßen. Darunter auch Yvonne, meine Diskokollegin, die ihn anscheinend ebenso gut kannte.

Yvonne ließ es sich nicht nehmen, mir zum Geburtstag zu gratulieren. Ganz schön gewagt war sie wieder unterwegs. Sie hatte eine extravagante schwarze Korsage an, die gerade eben ihre Brüste bedeckte, wie immer.

Sie liebte es, aufzufallen und so bei ihrem reichen Freund Eindruck zu schinden. Vielleicht erwartete er das auch von ihr.

„Ist das dein neuer Freund?", fragte sie mich provokativ.

„Ja, aber du scheinst ihn ja schon bestens zu kennen!", antwortete ich spitz.

„Nur flüchtig, Chiara! Mach dir keine Sorgen!"

Beruhigt hatten mich diese Worte nicht, aber ich ließ mir den Abend nicht verderben.

Frustriert, dass Robert die meiste Zeit des Abends bei seinen Freunden stand und bereits gegen ein Uhr morgens das Lokal verließ, ertränkte ich meinen Kummer in reichlich viel Alkohol und beendete den Abend feucht-fröhlich.

VIERTES KAPITEL

Kurz nach diesem anstrengenden Wochenende meldete sich Stella bei mir im Geschäft.

„Sag mal, hast du Robert meine Dienstnummer gegeben?", fragte sie mich beinahe vorwurfsvoll.

„Nein, wieso sollte ich?", antwortete ich überrascht, aber ich hörte ihr aufmerksam zu.

„Er hat mich im Büro angerufen und will unbedingt mit mir reden. Unter vier Augen! Er möchte aber nicht, dass ich dir etwas davon sage."

„Mach das doch! Vielleicht ist es wichtig. Er wird seine Gründe haben.", versicherte ich ihr.

„Nein! Ich werde mich auf keinen Fall mit ihm alleine treffen. Er soll mir das am Telefon sagen!", antwortete sie mit aufgeregter Stimme.

„Moment, eine SMS von Robert auf meinem Handy! Ein Zufall?"

Da stand: **Süße, wenn ihr euch per Telefon absprecht, wird deine Schwester nie Wichtiges erfahren. Lasst das!**

Ich wurde kreidebleich.

„Stella, du hör mal, was er grad geschrieben hat! Das ist doch unheimlich, oder? Was machen wir jetzt?"

Stella sagte so bestimmt wie noch nie: „Ist mir egal! Ich treffe mich nicht mit deinem Freund!!! Hören uns, okay?"

Ich fand das alles sehr sonderbar, aber ich konnte mir keinen Reim darauf machen.

Es kam zu ersten Streitgesprächen, und zwar wegen meiner Schwester. Tage später, als ich den Vorfall bereits vergessen hatte, kam Robert erneut auf das Thema zu sprechen und stellte bohrende Fragen: Wieso meine Schwester so ängstlich ihm gegenüber sei und ihm nicht traute. Wieso sie nicht bereit war, mit ihm zu reden. Ich fragte zurück, warum es denn so wichtig sei, dass sie mit ihm spricht. Stella hatte schon immer einen guten Instinkt und gehörte zu den Menschen, die Gefahren aus dem Weg gingen.

Nach langer Diskussion eröffnete er mir schließlich, dass Stella die ganzen Jahre naiv und blauäugig gewesen sei.

„Wie meinst du das?", fragte ich empört, da er so über meine Schwester redete.

„Ihr so netter, unauffälliger Freund betrügt sie schon seit über einem Jahr mit einer Arbeitskollegin. Ich weiß es aus sicherer Quelle. Frag mich nicht, woher ich das weiß. Glaub mir einfach! Ich kann und will dir nicht sagen, woher ich es weiß!"

„Reden wir von Marco? Dem Freund meiner Schwester? –
Dieser ruhige, geduldige, unscheinbare Mann?", fragte ich
fassungslos.

Ich wollte nicht daran denken, wie für meine Schwester die
Welt zusammenbrechen würde, wenn ich ihr das mitteilte.
Würde Sie mir glauben? Würde Sie Robert glauben?

Ich beschloss, mich mit Stella an einem ruhigen Ort zu
treffen und erzählte ihr, was ich von Robert erfahren hatte.
Sie reagierte genau so, wie ich vermutet hatte. Sie war sehr
verliebt in Marco und wollte und konnte mir keinen Glauben schenken.

Wer weiß, wie ich selbst reagiert hätte, wenn man mir all
diese Sachen über Robert erzählt hätte? Wie konnte jemand, den man über alles liebt, einem so etwas antun? Wie
konnte man sich so in einem Menschen täuschen, mit dem
man unter einem Dach wohnte? Hätte man da nichts bemerken müssen?

Es blieb dabei, sie glaubte mir oder besser gesagt, sie
glaubte Robert kein Wort!

„Wie kann er so was behaupten? Wenn das stimmt, möchte ich Beweise! Chiara hörst du?", schrie sich mich an.

„Maus, ich weiß, es ist hart, aber er hat Beziehungen.
Glaub mir, ich vertraue ihm. Was für einen Grund sollte er
haben, dich und Marco mit einer Lüge auseinander zu
bringen? Mhm?", beruhigte ich sie.

„Nein, ich kann es nicht glauben! Ich will Beweise!" Sie weinte und wiederholte sich.

„Okay, ich werde ihn noch mal darauf ansprechen, aber ich denke nicht, dass er etwas verraten wird, denn seine geschäftlichen Verbindungen stehen in Gefahr, wenn etwas rauskommen würde."

Natürlich blieb Robert in seiner Verschwiegenheit standhaft, aber er konnte Details erzählen, die unmissverständlich bewiesen, dass der Verdacht gegen Marco berechtigt war.

Stella, die treue Seele, konnte es nicht glauben. Sie sprach Marco direkt darauf an, aber er wies jede Schuld von sich. Es gab ja keine Beweise, wie er sagte!

Bis eines Tages die schreckliche Wahrheit doch noch ans Licht kam. Ich weiß nicht mehr, ob ein Kollege mit der Sprache rausrückte oder er selbst, von einem schlechten Gewissen geplagt, beichtete! Die Sache war schlimm, sehr schlimm! Stella war solchen Konfrontationen nicht gewachsen und fiel in ein tiefes Loch!

Sie wurde depressiv. Sie verschloss sich allem und hatte außerdem nun kein eigenes Zuhause mehr. Die Wohnungsfrage stellte sich, und für mich war klar, dass meine Schwester bei mir Unterschlupf fand.

Robert mischte sich wieder mal ein. Viel zu oft, für meinen Geschmack!

Immer, wenn es um meine Schwester ging, war er sehr um sie besorgt und bemüht. Ihm kam die tolle Idee, Stella solle bei ihm einziehen.

Er hätte ja genug Platz und wäre nicht so oft zu Hause. Die Anderthalb-Zimmerwohnung, in der ich wohnte, wäre doch viel zu klein für uns beide. Sie bräuchte jetzt jemanden, der sie aus dem Tief rausholt. Er könnte einen positiven seelischen Einfluss auf sie ausüben und ihr helfen. Dass meine Wohnung für zwei Leute zu klein war, leuchtete mir ein. Aber dass er meine Schwester zu sich einlud, und nicht mich als seine Freundin, stimmte mich nachdenklich! Stella hätte ja meine Wohnung für sich allein für den Übergang bewohnen können!

Die moralische Unterstützung, die er meiner Schwester leisten wollte, schien mir übertrieben, aber ich äußerte mich dazu nur mit den Worten:

„Du kannst sie gerne fragen, Robert. Ich denke nicht, dass sie dein großzügiges Angebot annehmen wird. Aber ich frage sie gerne für dich!"

Wie geahnt erklärte mich Stella für verrückt!

Sie lehnte dankend ab. Robert ließ jedoch so schnell nicht locker und bat um ein privates Gespräch mit ihr. Auch wenn er mit seinen Anschuldigungen gegenüber Marco Recht behalten hatte, war sie noch immer sehr misstrauisch ihm gegenüber und verweigerte jegliche Art von Kontakt, was ihn jedoch sehr missvergnügt und böse stimmte.

„Ich will nur helfen, und sie behandelt mich so? Niemand behandelt mich ungestraft so abweisend und ignorant!",
drohte er. Dies war das erste Mal, dass ich ihm mit Furcht und bangem Respekt gegenübersaß. Dies war das erste Mal, das ich zwischen zwei geliebten Menschen stand. Beide verlangten von mir, auf ihrer Seite zu stehen.

„Wieso redest du so? Es ist ihre freie Wahl, ob sie mit dir persönlich reden will oder nicht! Sie dankt dir, dass durch dich die Wahrheit über Marco ans Licht gekommen ist. Aber sie möchte ihre Ruhe und will mit niemanden reden. Niemand hat eine Strafe verdient, nur weil er mit jemandem nicht reden möchte. Dies ist ein freies Land! Was willst du denn dagegen tun?"

„Weißt du, was passiert, wenn man an seinen Arbeitsplatz kommt und in der eigenen Schublade Drogen findet? Man bleibt bis zur Klärung eine Nacht in U-Haft!", antwortete er ernsthaft.

„Das ist nicht dein Ernst! Du machst böse Witze. Hallo? Das ist meine Schwester! So was zu machen wärest du im Stande? Auch wenn man die Macht hat, solche Sachen zu tun, finde ich es erbärmlich, seine Beziehungen für solche Zwecke auszunutzen."

„Beruhige dich!!! Schon gut!", beendete er das Gespräch.

Mir schossen tausend Gedanken durch den Kopf. Sagte er dies nur, um Eindruck zu schinden? War dies sein letztes Druckmittel, um doch noch ein Gespräch mit ihr zu erzwingen?

Was machte er denn mit Menschen, die noch Schlimmeres taten, als ein Gespräch oder den Kontakt zu verweigern? War dies nur ein makaberer Witz?

Wieso war ihm die Aussprache mit Stella so wichtig?

Ich hatte allen Grund, misstrauisch zu werden, doch obwohl ich ihn seit dieser Zeit mit anderen Augen sah, liebte ich ihn immer noch!

An einem der folgenden Wochenenden wollten Stella und ich nach München fahren, um eine Freundin zu besuchen und später auf eine Afterworkparty zu gehen.

Robert wollte uns anfangs begleiten, sagte dann aber, dass er mit einem Kumpel, der einen Privatjet besaß, nachkommen würde.

Wie immer kam ihm etwas dazwischen und wir feierten alleine. Auch beschlossen wir dann, bei Sandra über Nacht in München zu bleiben.

Wir trafen einen alten Bekannten meiner Schwester und lernten zwei neue Leute kennen. Alex, der Bekannte, war zum damaligen Zeitpunkt Trainer der Bayrischen Fußballmannschaft. Er hatte schon früher ein Auge auf Stella geworfen und freute sich natürlich sehr, dass sie wieder zu haben war. Auch wenn er zur Zeit noch eine Freundin hatte.

So waren eben die Männer! Sie mussten sich immer noch ein Türchen offen halten!

Da wir jedoch nur Spaß haben wollten, verhielten wir uns der Männerwelt gegenüber sehr reserviert. Ich dachte sowieso nur an Robert und musste wohl eher einen gelangweilten Eindruck hinterlassen haben.

Aus München zurück, schockierte mich Robert erneut. Er sagte, dass er genau wüsste, mit wem und wie vielen Männern wir gesprochen hatten!

„Willst du wieder Beweise? Willst du Namen? Der Alex ist eine Flasche, ein Versager. Wie könnt ihr euch mit so jemand abgeben? Die anderen beiden, die ihr kennengelernt habt, genauso. Glaub nicht, dass ich nicht weiß, was ihr macht! Ich habe Kontakte auch in München!", sagte er lachend.

Jetzt war ich nicht nur baff, sondern vollkommen geschockt!

Er lachte, aber mir war nicht zum Lachen zumute! Woher wusste er den Namen von Alex? Wie konnte er wissen, mit wem wir gesprochen hatten und mit wie vielen? War er doch in München gewesen? Hatte er womöglich doch Undercover-Kontakte? War dies wieder ein blöder Witz? Wieso interessierte ihn so brennend, mit wem meine Schwester redete? Das musste ich erst mal versuchen zu begreifen!

Eines Abends, als ich nach längerer Zeit mal wieder bei ihm zu Hause war, bemerkte ich, wie aufgebracht und aufgewühlt er war.

„Schatz, was hast Du? Du bist so seltsam?", fragte ich vorsichtig.

„Ich war heute in München bei meinem Arzt. Ich habe ihm die Nase gebrochen. Meine ganze Hose war voll Blut!", sagte er gelassen.

„Wie du hast ihm die Nase gebrochen!? Wieso denn das bitte?" Ich schaute ihn ungläubig an.

„Er hatte eine Lektion verdient, weil er mich falsch behandelt hat! Ich möchte nicht darüber reden!", beendete er das Gespräch.

Was um Gottes Willen hatte dieser Arzt getan?

Hatte er ihn womöglich fälschlicherweise für todkrank erklärt?

Ich hatte im Kühlschrank Ampullen entdeckt, die Robert sich spritzte, wenn es ihm an bestimmten Tagen schlecht ging.

Ob dies das Mittel zur Blutverdünnung war oder nur ein simples Anabolikum, wusste ich nicht! Wir waren mittlerweile an einem Punkt angelangt, wo ich nichts mehr ausschließen konnte.

Merkwürdige Blutflecke auf dem Fußboden ignorierte ich bewusst, denn mehr konnte und wollte ich einfach nicht ertragen!

Unser letztes Treffen ging fatal aus. Unsere Verabredung für den Freitag war geplatzt.

„Süße, ich muss mich heute Abend noch mit meiner Ex-Frau treffen. Wir haben noch einiges zu klären. Komm doch einfach morgen zu mir, du kannst mir dann bei der Steuererklärung helfen!"

Irgendetwas beunruhigte mich so, dass ich am Samstagmorgen ohne Voranmeldung losfuhr. Wer weiß warum? Manchmal wünschte ich, solche Vorahnungen oder Instinkte nicht zu haben.

Nach zirka 40 Minuten Fahrt stand ich vor seinem Haus. Sein Cabrio war auf seinem Stellplatz geparkt und die Jalousien schienen offen zu sein. Ich klingelte mit gemischten Gefühlen einmal, zweimal, dreimal. Eigentlich müsste er doch zu Hause sein! Ich beschloss, zum Einkaufsladen um die Ecke zu fahren. Vielleicht war er einkaufen?

Ihn dort zu suchen war leider vergebens. Hartnäckig versuchte ich ihn über seine verschiedenen Telefonnummern zu erreichen. Ich sah es nicht ein, dass ich einfach so den langen Weg wieder zurückfahren sollte. Auf dem Festnetz erreichte ich ihn endlich.

„Ja, wer ist da?"

„Ich bin es, Chiara, mach bitte auf, ich stehe unten!!!", sagte ich empört.

„Ich hatte dir doch keine Uhrzeit genannt, oder? Ich kann dir nicht aufmachen! Meine Ex-Frau ist noch da. Wir haben gestern ein paar Flaschen Wein getrunken und vieles zu bereden gehabt."

„Mach sofort auf!!! Ich hole nur meine paar Sachen und gehe dann! Das ist das Allerletzte! Womit habe ich das verdient!?", schrie ich nun ins Telefon. „Beruhige dich, wir reden später. Jetzt kann ich nicht!" Mit diesen Worten legte er einfach auf.

Jede Minute, jede Stunde schaute ich wie erstarrt auf mein Handy. Eine SMS, ein Anruf? Ja, ich war geladen, enttäuscht, entsetzt, aber ich hoffte immer noch. Naiv? Bestimmt! Nun verstand ich, dass Liebe blind macht.

Das Interesse an meiner Schwester, das blinde Vertrauen? Ich dachte ihn zu kennen, aber wusste ich denn, was genau er arbeitete? Was tat er in der ganzen Zeit, wenn ich tagelang nichts von ihm hörte? Was für ein Mensch war er eigentlich, was suchte er?

Trotz alledem hatte ich immer versucht, seinen Beteuerungen, dass nichts gewesen wäre, zu glauben! Wieso eigentlich? Es waren doch deutliche Zeichen und Hinweise darauf vorhanden, dass bei ihm einiges nicht mit rechten Dingen zuging!

Der Tag verging und Robert meldete sich nicht, ebenso wenig wie an den darauffolgenden Tagen!

Ich wusste nun, es war vorbei!

Per SMS machten wir dann zirka eine Woche später einen Treffpunkt bei ihm zu Hause aus, so dass ich meine restlichen Sachen holen konnte. Alle meine Habseligkeiten waren säuberlich auf der Arbeitsplatte hergerichtet worden. Flüchtig nahm ich seine Rolex-Uhr wahr, die offenbar absichtlich daneben positioniert war.

War das eine Probe, ob ich sie mitnehmen würde?

Er verschloss seine teuren Uhren immer sehr ordentlich und würde diese nie einfach so herumliegen lassen.

Tränen überwältigten mich so, dass ich kein Wort herausbrachte.

„Süße, was ist mit dir?", fragte er und drückte mich an sich.

Ich ertrug das nicht! Was mit mir ist???

Was für Fragen waren das denn? Ich traf den Mann meines Lebens, der früh sterben sollte, der mich mit seiner Ex-Frau betrogen hatte, der keine Zeit für mich fand und mit dem nun alles zu Ende war, und er fragt mich, was mit mir ist?!

Welchen Wert hatte es nun, dass ich mich tagtäglich um ihn gesorgt und mit ihm gelitten hatte? Verständnis aufgebracht hatte für so wenig Zeit mit ihm?

„Setz dich, ich will dir was erzählen und ehrlich zu dir sein! Vor ein paar Wochen habe ich eine Frau getroffen. Eine wunderbare Frau!!! ... Er erzählte begeistert weiter.

Ich schaltete automatisch ab und hörte kein Wort mehr von dem, was er sagte.

Ich erlebte einen Alptraum! Wieso tat er mir das an? Wieso erzählte er mir diese schmerzlichen Sachen? Sollte ich ihm gratulieren oder mich für ihn freuen?

„Chiara, schau sie dir bitte an! Ich möchte es. Ich bestehe darauf, damit du siehst, was für eine besondere Frau sie für mich ist!"

Still und geschockt schaute ich mir ohne Widerwillen das Bild an. Ich wusste, dieses Bild würde ich nie wieder vergessen können!

„Süße, weißt du, es gibt Dinge, die kann man nicht erklären, die passieren einfach. Du warst zu ungeduldig, und dann traf ich sie!"

Ungeduldig??? „Das ist unfair. Hast du ihr ebenso erzählt, dass du sterben wirst?", schrie ich fassungslos. Er schüttelte nur schweigend den Kopf.

Ein Gedanke schoss mir durch den Kopf: War die Frau in seinem Bett an jenem Morgen gar nicht seine Ex-Frau gewesen?

„Wieso hast du mir das alles angetan?"

„Weil du stark bist! Sie ist so schwach. Sie würde es nicht überleben! Sie hat genug Sorgen als alleinerziehende Mutter von zwei Kindern und große Schulden. Die Kinder sind so toll! Ich habe nun die Familie, die ich mir immer gewünscht habe. Sie brauchen mich."

Und was war mit mir? Ich wünschte mir ebenso sehr, geliebt zu werden und eine Familie zu gründen. Hatte er seine Frau verlassen, weil sie keine Kinder bekommen konnte? Wieso hatte er sich dann überhaupt sterilisieren lassen?

Obwohl ich mich von all dem überfordert fühlte, wünschte ich ihm nichts Böses. Ich versuchte über den Dingen zu stehen, keinen Hass zu hegen und Stärke zu beweisen. Indem ich ihm noch alles Gute für die Zukunft wünschte, verließ ich ohne mich nach ihm umzudrehen die Wohnung. Wie in einem billigen Film! Ich wollte nur noch weg, ganz weit weg!

Eine Welt ging für mich kaputt! Ich setzte mich ins Auto und fuhr zerstreut, ohne zu wissen wohin, einfach los. Bis ich irgendwo an einem Feldrand anhielt und meinen Tränen freien Lauf ließ.

Wenn Menschen nicht mehr weinen, dann ist der Untergang der Welt nicht weit! Denn Menschen ohne Gefühle sind wie Eis und im Stande, über Leichen zu gehen!!!

FÜNFTES KAPITEL

Der Duft frisch gemähten Grases strich mir sanft um die Nase. Das Zwitschern der Vögel wirkte beruhigend wie Baldrian auf meine Seele. Dieses Plätzchen erinnerte mich an eine irische Hügellandschaft. Das kleine Gartenhäuschen mit der schmucken Veranda war mit lauter zierlichen Holzfensterläden bestückt. Es erschien wie ein kleines Hexenhäuschen, gemütlich und abgelegen. Im Winter konnte man vor dem offenen Kamin auf einem flauschigen Fell am Boden liegen und bei einem Glas Wein Schach spielen.

Es waren nicht die einzelnen Dinge, die mich begeisterten und faszinierten, sondern die Gesamtheit all dieser Eindrücke. Sie verdichteten sich zu einem wunderschönen, harmonischen, idyllischen Traum!!!

Nur eines vermisste ich in diesem Traum – oder auch nicht? Es kamen keine Menschen darin vor.

Brauchte ich diese innere Ruhe jetzt? War es meine Seele, die sich nach Entspannung, Ausgeglichenheit und Frieden sehnte, und war dies der Grund, warum ich im Moment nicht mehr lieben zu können glaubte?

Meine Mutter hatte unlängst zu mir gesagt, dass es in einem solchen Gefühlschaos unmöglich sei, innere Ruhe zu finden. „Kind, bring dein Leben erst mal in Ordnung, kriege es in den Griff und gehe deine Schwachpunkte an. Arbeite daran, denn so kannst du nicht weitermachen. Männer allein sind nicht der Sinn und Zweck des Lebens! Finde dich selbst, erst dann wirst du andere von dir überzeugen." Sie hatte recht! Wie so oft!

Man kann nur lieben und geliebt werden, wenn man seinen eigenen Frieden gefunden hat!

Wieso verliefen meine Liebesbeziehungen immer so unbefriedigend? Weshalb brachte ich es nicht fertig, jemanden kennenzulernen, der genauso wie ich eine partnerschaftliche Beziehung wollte und solo, herzlich, offen, ehrlich, gepflegt, stilvoll und treu war?

Ein Freund fragte mich vor einiger Zeit per SMS, ob ich nicht vielleicht allzu große Erwartungen hätte. „Ist es eine zu große Erwartung, nur ehrlich geliebt zu werden?", fragte ich ihn. „Ja", war seine Antwort, „es ist das größte Geschenk!"

Diese Worte trugen nicht gerade dazu bei, meine Niedergeschlagenheit zu beheben. Lag es an meiner Erziehung, dass ich diese Schwierigkeiten hatte? Es war für mich sehr schwer gewesen, mich in der Welt zurechtzufinden nach meinem Auszug aus einem intakten elterlichen Zuhause. Ich war noch das naive, direkte, herzlich lachende, gut erzogene Mädchen. Meinen Eltern mache ich in keinerlei Hinsicht zum Vorwurf, dass sie mich so streng und gläubig erzogen haben, sie taten es mit Fürsorge und in der Überzeugung, dass es zu meinem Besten sei. Diese Erziehung hat mir nicht geschadet, im Gegenteil, ich wäre heute nicht die Chiara, als die mich alle kennen und schätzen. Vielleicht würde ich es mit meinen eigenen Kindern ebenso machen.

Damals glaubte ich jedoch noch allen Ernstes, dass niemand mich anlügen könnte. Denn das tat man ja nicht! Wieso also damit rechnen und jemandem Böses unterstellen?

Ich war in einer heilen Welt groß geworden, wofür ich meinen Eltern heute trotz allem sehr dankbar bin. Aber mir fehlte das nötige Durchsetzungsvermögen gegenüber denen, die mir Böses wollten oder meine Gutmütigkeit ausnutzen. Es hat lange gedauert, bis ich das nötige Misstrauen gegenüber Fremden entwickelte und verstand, dass nicht jeder gleich mein Vertrauen verdiente!

Analysieren wir doch meine Partnerschaftsvorstellungen.

Erziehung, Mentalität und zu einem großen Teil Erfahrungen prägen einen Menschen. Über Beziehungserfahrungen im engeren Sinne verfügte ich natürlich noch nicht, als ich das Elternhaus verließ. Das einzige, was ich über Partnerschaft wusste, war mir durch meine Eltern vermittelt worden.

Durch das vorbildliche, strenge Zuhause hatte ich diesbezüglich sicherlich sehr hohe Ansprüche und ich vergaß, dass eine solche Erziehung nicht jeder genossen hat. Ich kannte keine Diskussionen über Scheidung, nicht einmal alleine essen musste ich jemals. Ich war auch nie ein

Schlüsselkind gewesen. So nannten wir die Kinder in der Schule, die den Hausschlüssel schon in jungen Jahren um den Hals bekamen, damit sie ihn nicht verloren, da bei ihnen daheim niemand mit dem Essen wartete oder sie freudig begrüßte.

Freunde hatte ich damals nicht viele, denn es war aufgrund der vielen Umzüge und der strengen Ausgehzeiten schwierig, Freundschaften zu pflegen.

Es ist schwer, sich selbst zu analysieren. Und doch sind es diese an das eigene Ich gestellten Fragen, die den Prozess der Selbstfindung fördern.

Ich ertappte mich, wie ich jetzt, in der Zeit nach der Trennung von Robert, laut mit mir selbst redete. War ich deshalb schon verrückt? Vielleicht war dies nur eine innere Stimme, die sich ab und zu meldete, um mir zu sagen:

„Chiara, wach auf, das Leben ist nun mal kein Ponyhof!"

Die Meinung der Freunde und Freundinnen war die Art von Kritik, die am meisten weh tat, aber auch die größte Wirkung zeigte, denn sie half mir, endlich der Realität ins Auge zu sehen und etwas in meinem Leben zu verändern.

Während einer Mittagspause mit den Kolleginnen befand ich mich in einer dieser unangenehmen Situationen. Celine, Aynur und Christine bemerkten meine depressive Stimmung und versuchten mich einerseits aufzubauen und mir andererseits gewaltig den Kopf zu waschen.

„Chiara, so kann das doch nicht weitergehen. Schau dich doch mal an! Deine Gutmütigkeit in allen Ehren, aber sei doch bitte den Männern gegenüber etwas kritischer und distanzierter. Deine Vertrauensseligkeit wird nur missverstanden. Du setzt dich mit deiner Suche nach dem Richtigen so unter Druck, dass du dich selbst daran hinderst, glücklich zu werden", redete Aynur auf mich ein.

„Ihr habt gut Reden. Wenn ich nicht so einen ausgeprägten Kinderwunsch hätte, würde ich mir auch sagen: Lass dir Zeit!", antwortete ich zaghaft.

„Wir sind zwar etwas jünger als du, aber wir können dich da voll und ganz verstehen! Und doch hat das Schicksal alles vorhergesehen. Wenn Gott es möchte, wird er dir zehn Kinder schenken!", sagte Christine nun aufgebracht.

Celine schüttelte nur den Kopf und sagte schelmisch: „Weißt du Chiara, das bringt eh nichts! Alles, was wir dir sagen, hast du morgen schon wieder vergessen. Du bist naiv und wirst es immer bleiben! Sturkopf!"

Ich wusste, sie alle hatten recht! Es half mir in dieser mentalen Verfassung jedoch nicht, zu hören: „Andere bekommen auch noch mit Ende 30 Kinder!" Was interessierten mich die anderen?

Mich demoralisierte nicht nur die Tatsache, dass ich mir sehnsüchtig ein Kind wünschte, sondern vielmehr, dass ich keinen passenden Vater dafür fand. Der Wunsch nach einem Kind allein ließ sich sicherlich auch ohne Mann erfüllen. Natürlich nicht ganz ohne Mann! So wollte ich es jedoch nicht. Alleinerziehende Mutter sein, das war nicht meine Vorstellung von Glück. Wenn dies mein Ziel gewesen wäre, hätte ich es auf linke Art und Weise bereits verwirklicht haben können. Männer sind in manchen Dingen leicht manipulierbar.

Doch was sollte ich allein mit einem Kind, das später eh aus dem Haus geht?

Mein Ziel war es, nicht alleine alt zu werden. Ich wollte meine große Liebe finden und zur Krönung, als I-Tüpfelchen, ein Kind zur Welt bringen und aufziehen, als Unterpfand der Liebe, wie viele es nennen. Natürlich wusste ich nicht, ob ich selbst überhaupt Kinder bekommen oder mein Partner welche zeugen können würde. Aber einen Versuch wollte ich wagen dürfen.

Hätte ich einmal einen lieben Partner gefunden, den ich über alles liebte, so würde ich diesen Menschen nie wieder verlassen können. Nur die Vorstellung, dass ich an jemanden geraten könnte, der von vornherein die Perspektive einer langfristigen Bindung ablehnt, war mir unerträglich, mit diesem Gedanken konnte und wollte ich mich nicht anfreunden. In diesem Punkt war ich viel zu sehr Frau, zu jung, um darauf zu verzichten. Es war doch mein gutes Recht, jemanden zu finden, der wie ich den starken Wunsch nach dauerhafter Partnerschaft hegte!

Sicherlich hatten die drei recht darin, dass man dieses Glück nicht erzwingen kann und dass es auch nicht richtig ist, in jedem Mann den potenziellen Vater seines Kindes zu sehen.

Doch diese Einstellung hatte ich nun mal, und sie führte dazu, dass ich mich verkrampfte und in meinem alltäglichen Leben keinen klaren Gedanken mehr fassen konnte. All die anderen schönen Dinge, die das Leben bietet, schien ich zu übersehen. Ich musste an mir arbeiten. Ich musste versuchen, meine festgefahrenen Vorstellungen aufzugeben und alles einfach auf mich zukommen zu lassen.

Leben ist das, was wir tun, während wir auf die Verwirklichung unserer Träume warten!!!

*

Es nahte wieder einer der Sonntage. Ich hatte vorgebeugt und alle Telefone ausgeschaltet, um mal wieder richtig ausschlafen zu können. Doch so richtig ausschlafen konnte ich nicht. Es war erst halb zehn. Was sollte ich nun den ganzen langen Tag alleine mit mir anfangen? Eigentlich war die Einstellung ja blöd. Ich konnte einen Pflegetag einlegen oder mein Bild fertig malen! Aber irgendwie hatte ich zu alledem keine große Lust! Das waren die Sachen, die ich auch unter der Woche machen konnte. Ich weiß nicht, wieso, aber das Wochenende sollte immer etwas Besonderes sein.

Erholsame Tage sollten es sein, und wenn man zu zweit war, waren es oft auch wirklich schöne gemeinsame Tage! Ob Sonnenschein oder Regen, man ließ sich die Laune nicht verderben! Nun war heute sogar strahlender Sonnenschein wie schon seit langem nicht mehr.

Inlineskaten wäre doch schön, oder? Doch selbst dazu konnte ich mich nicht überwinden. Toni, mein Kumpel, war nicht erreichbar. Er war ein guter Freund, besser gesagt, der einzige männliche Freund, den ich hatte. In der Not hatte er mir schon bei einigen Umzügen geholfen. Fiona und Lara, meine besten langjährigen Freundinnen, hatten beide seit Jahren einen festen Partner und meist am Wochenende viel zu tun. Nicht, dass ich nicht willkommen war, jedoch gab es Tage, an denen auch sie ihre Privatsphäre haben wollten und ich respektierte das. Denn auch ich war ja schließlich nicht immer solo gewesen und verstand das deshalb. Lisa und Susi, mit denen ich mich intensiv angefreundet hatte, waren erst seit kurzem liiert und jeweils noch in der Kennenlernphase. Deren junges Glück wollte ich am Wochenende nicht stören.

Lisa war auch gar nicht im Lande, sondern besuchte ihren Freund Toni in Hannover. Tja, und meine Eltern und Geschwister waren nicht zu Hause!

So fuhr ich alleine zum Schloss Monrepos, wo es einen kleinen See gab, um den man herum spazieren konnte.

Dort angekommen, ging ich vielleicht ein paar Minuten, um dann festzustellen, dass es eine idiotische Idee von mir war, hier spazieren gehen zu wollen. Wohin man sah, nur Familien mit Kindern und verliebte Pärchen, die händchenhaltend den Weg bevölkerten.

Wenn ich zurückdachte, so war ich selbst schon mit einigen Männern in den letzten Jahren an diesem Ort glücklich gewesen.

Auf einmal stiegen eine Menge Erinnerungen in mir auf. Ausnahmsweise mal schöne! An schöne Zeiten erinnerte ich mich leider nur selten. Komisch, wieso überwogen die schlechten Erinnerungen? Lag es nur daran, dass ich im Moment alleine war? Oder dass ich eine schlechte Vergangenheit dafür verantwortlich machte, dass meine Gegenwart so unbefriedigend war? Aber ich konnte doch nicht wegen so einsamer Tage wie diesem einen Freund suchen, nur um nicht allein zu sein!

Ich überquerte eine idyllische kleine Brücke und musste daran denken, wie ich im letzten Jahr dort mit Steffen, meinem letzten Partner, in verschneiter Winterlandschaft stand und Winterfotos schoss. Der vergangene Winter war kalt und schneereich gewesen, doch in diesem Winter schien uns der Schnee nicht gegönnt zu sein, wobei aber ein so sonniger Tag wie dieser auch seine Vorteile hatte.

Steffen erschien anfangs, als wir uns kennenlernten, sehr schüchtern und zurückhaltend. Ein Jahr lang schwärmte er bei meiner Freundin Janine von mir, bevor wir zusammenkamen. Das imponierte mir damals sehr und ich dachte, er hätte eine Chance verdient, auch wenn er optisch und vom Charakter her nicht meinen Vorstellungen entsprach.

Wir zogen schnell zusammen, und ich zog schnell wieder aus!

Er entpuppte sich zu einem späteren Zeitpunkt als egoistischer, verzogener Bauer. Er war ein launischer Mensch, der viel Zeit für sich selbst benötigte. Das totale Gegenteil von mir, die ich Zärtlichkeit und Geborgenheit suchte, und vor allem jemanden mit Anstand und Manieren.

Wir waren noch nicht lange zusammen, als die Feiertage nahten. Ich freute mich darauf, den Adventskalender für Steffen herzurichten und dafür Geschenke zu kaufen. Angestrengt überlegte ich, wie ich diesem Mann täglich eine Freude bereiten könnte!

Ich kaufte Zigarillos, teure Unterhosen, Strümpfe, Pralinen und Eisenbahnwaggons für sein teures Hobby. All diese Umstände machte ich mir für ihn, verpackte genau 24 Päckchen mit sehr viel Liebe und Freude und hängte diese an die Gardinenstange. Nur meinem Schatz war es zu anstrengend und zu lästig, jeden Tag ein Päckchen von der Stange zu nehmen und es zu öffnen. So hingen oft tagelang die ungeöffneten Geschenke an der Stange, an die ich sie dekorativ gehängt hatte.

Ja, Steffen Geschenke zu machen, war nicht leicht! Er bat immer von vornherein, ihm dieses oder jenes nicht zu schenken, und wenn, dann bitte von der Firma Soundso oder etwas für sein teures Hobby. Nun ja, das waren immer sehr teure Sachen! Ich verstehe diese Einstellung bis heute nicht. Bei uns zu Hause waren wir Kinder über jedes kleinste Geschenk froh, denn wir sahen es nicht als selbstverständlich an, etwas geschenkt zu bekommen! Selbstgestrickte Socken, ein gemaltes Bild, ein selbstgenähter Rock oder auch nur ein Buch. Es war doch egal, Hauptsache, es kam von Herzen!

Er jedoch war der Meinung, dass man ihm mit solchen Sachen erst gar nicht kommen sollte. Es war zwecklos, ihm zu erklären, dass ein Geschenk, das er bekam, nicht gekauft worden war, um ihn zu ärgern, sondern um ihm besten Willens eine Freude damit zu bereiten!!!

Dieses Jahr blieb mir das erspart. Ich werde nie vergessen, wie es mit ihm war, als wir bei seiner Tante zu Besuch in England waren. Auch wenn seine Verwandten stets bemüht waren, uns alles recht zu machen und sich rührend um uns kümmerten, waren doch das Land und die Menschen für mich zunächst noch sehr fremd.

Das schreckte ihn nicht davon ab, mich allein im Haus zu lassen. Ohne mir Bescheid zu geben, war er einfach gegangen, und ich musste den Tag allein mit der Tante verbringen. Wir schliefen zwar im selben Zimmer, aber getrennt, jeder in einem kleinen Gästebett. Die Idee, dass einer vielleicht zur späten Stunde zum anderen rüberrutschen konnte, kam ihm nicht!

Ich war losgefahren mit dem Gefühl, zum ersten Mal in meinem Leben wirklich in einer verbindlichen Beziehung zu stehen, und fühlte mich trotzdem so einsam. Da lagen wir zusammen in einem Zimmer oder in einem Bett, und es schien ihm gleichgültig zu sein. Ich war Luft! Die magische Anziehungskraft, das Verlangen, das mich für ihn anfangs so interessant gemacht hatte, war nicht mehr da! Es demütigte mich so sehr, als Frau nicht begehrt zu werden.

Schon zu Hause hatte ich mir oft vorgenommen, ihn mal ganz besonders zu überraschen oder ihn zu verwöhnen. Ich kochte ihm sein Lieblingsessen und deckte den Tisch schön, mit Kerzen und Servietten. Das Ambiente musste stimmen! Also bestückte ich das Schlafzimmer ebenso mit Kerzen. Nachdem ich mich nach allen Regeln der Kunst vorbereitet, den Intimbereich rasiert und mich sorgsam eingecremt hatte, zog ich mir ein schwarzes, tief ausgeschnittenes Top, halterlose Strümpfe und ohne Höschen einen knappen schwarzen Rock an. Welcher Mann würde sich über eine solche Überraschung nicht freuen?

Steffen natürlich!!! Den schön gedeckten Tisch übersah er geschickt und setzte sich mit seinem Teller an den Couchtisch vor den Fernseher. Chiara, bleib ruhig, dachte ich. Mal sehen, ob ich ihn nicht doch noch heiß bekomme. Spätestens nach meinen Massagekünsten, oder? Er würde vielleicht auch mal bemerken, dass ich kein Höschen anhatte!? Doch alle Massagekünste und Aufmerksamkeiten schienen seine schlechte Laune, die er vom Geschäft mitbrachte, nicht vertreiben zu können.

Nun hoffte ich, dass im Urlaub, auch wenn wir diesen nicht so romantisch wie geplant alleine verbrachten, alles anders würde. Wenn man im Urlaub nicht gelassen genug war, um Sex zu haben, wann dann???

Wenn es auch hier nicht ging, dann hatte dieser Mann ein ganz besonderes Problem, denn hässlich und unförmig war ich sicherlich nicht, geschweige denn prüde. Beschwert hatte sich jedenfalls bis dahin noch keiner.

Nun, im Urlaub gab ich es auf!!!

Am Tag des Rückflugs verlor ich den Rest jeglicher Achtung vor Steffen, und der gute Eindruck, den ich einst von ihm hatte, verkehrte sich ins Gegenteil. Seine Eltern und ich standen in der großen Eingangshalle des Londoner Flughafens. Die Sitzmöglichkeiten waren alle belegt und man musste sich in ein Café setzen und ein Getränk zu sich nehmen, um einen Sitzplatz zu finden. Alles andere wäre unpassend gewesen. Wie waren schon auf dem Weg zu einem der Stände, als Steffen einen Aufstand machte.

„Nö, ich zahle doch nichts, nur um mich hinsetzen zu können. Die Getränke hier in London sind eh so teuer", sagte er stur und pflanzte sich in seinen frisch gereinigten Klamotten auf den Boden.

Ich habe mich damals zu Tode geschämt. Am liebsten wäre ich davongerannt! Mein Freund saß lieber auf dem Boden wie ein Penner, als dass er einen geringen Geldbetrag ausgab?

Dieses Bild entsprach nicht meinem Ideal, und kaum aus dem Urlaub zurück, verließ ich Steffen. Dies war der Tropfen gewesen, der das Fass zum Überlaufen brachte. Für mich war in einer Beziehung das Wichtigste, geliebt zu werden und dies auch zu spüren oder zu hören! Selbst wenn mein Freund extrem negative Seiten gezeigt hätte (von denen Steffen sicherlich genug hatte), so hätte ich diesen Menschen doch nie verlassen, wenn ich wenigstens noch gespürt hätte, dass er mich liebt. Aber das spürte ich bei Steffen nicht mehr, ich war zu zweit, und doch allein!!!

Nun stand ich hier an der Brücke vom Monrepos und ließ die Erinnerungen vorbeiziehen. Ich beschloss, nur noch die Runde zu Ende zu gehen und dann heimzufahren.

Über die Feiertage saß ich alleine daheim und dachte nach, viel zu viel nach!

SECHSTES KAPITEL

Monate vergingen, in denen ich versuchte, meinen Weg zu finden und das Leben, so wie es war, anzunehmen. Ich war nicht mehr allzu sehr mit der Suche nach dem richtigen Mann beschäftigt und unternahm den ersten Schritt zur Selbstfindung. Ich musste meinem Leben einen anderen Sinn geben.

So buchte ich ganz spontan einen Flug nach Mailand Malpensa, um eine gute Freundin am Gardasee zu besuchen. Janine hatte den Schritt gewagt und war um ihrer großen Liebe willen ins Ausland gezogen. Große Bewunderung, Stolz und Neid empfand ich ihr gegenüber. Als sie den Entschluss gefasst hatte, Sandro, ihrem Freund, nach Desenzano zu folgen, wusste sie, dass ihre Entscheidung mit vielen Problemen verbunden sein würde.

Sie kannte die Sprache kaum und hatte einen 12-jährigen Sohn aus erster Ehe. Nach Italien zu ziehen war ein gewaltiges Unterfangen, das ein Außenstehender nur schwer verstehen konnte. Doch trotz vieler Bedenken hatte Janine nach ihrem Gefühl gehandelt.

Vorübergehendes Wohnen bei den Eltern ihres neuen Freundes überstand sie selbstlos. Einfach hatte sie es in ihrem Leben sowieso nie gehabt und Schicksalsschläge waren nicht ausgeblieben. Als ihr Sohn Justin erst wenige

Wochen alt war, verließ ihr Ehemann sie wegen einer zehn Jahre jüngeren Frau und verweigerte von da an jeglichen Kontakt zu seinem Sohn. Trotz allem hatte Janine Justin vorbildlich, herzlich und selbstständig erzogen. Natürlich hatte sie mit ihm ihre Probleme, wie andere Eltern mit ihren pubertierenden Kindern auch. Aber wenn es darauf ankam, hielten beide zusammen und Justin tröstete seine Mutter in ihrem Schmerz, so oft er merkte, dass sie traurig war.

Nachdem Janine am Gardasee nun endlich wieder eine neue, eigene Familie gefunden hatte, starb ihre Mutter in Deutschland. Das Schlimmste daran war für Janine, dass sie nicht bei ihr sein konnte. Justin, der zu Besuch bei seiner Großmutter war, hatte sie zwar noch atmend, aber ohnmächtig und wie leblos im Bett gefunden. An ihrem Geburtstag war sie dann gestorben, weil man ein Kind beim Notruf nicht ernst genug nahm. Es hatte ganze 40 Minuten gedauert, bis endlich der Notarzt eintraf, der leider nur noch den Tod feststellen konnte.

Nun war ich ein Teil ihrer kleinen Familie geworden und freute mich sehr, sie mal wieder richtig drücken und etwas Zeit mit ihr verbringen zu können. Janine war so nett gewesen, mich vom Flughafen abzuholen, und nach zweieinhalb Stunden Fahrt kamen wir in Desenzano an. Schusselig wie Janine und ich nun mal waren, hatten wir beide gedacht, dass Mailand Malpensa um die Ecke von Desenzano läge. Irrtum!

Es hätte sicherlich mehrere Landeplätze gegeben, die etwas näher an ihrem Wohnort lagen. Janine hatte die italienische Sprache, die ich von Kindesbeinen an sprach, zwar mittlerweile gut beherrschen gelernt, aber geographisch gesehen war sie ahnungslos und immer noch fremd in ihrer neuen Heimat.

Neidisch betrachtete ich ihr neues Zuhause. Das kleine Häuschen war sonnengelb verputzt und hatte kleine Fenster mit dunkelbraunen Holzläden. Die Terrasse vor der Eingangstür war mit Steinplatten aus Terrakotta gefliest worden. Die Rosenstöcke im Eingangsbereich waren Janines Markenzeichen, denn sie liebte Rosen. Alles hatte ein südländisches, toskanisches Flair und die Räume im Haus waren liebevoll und warm eingerichtet.

Im Wohnzimmer mit den dicken schrägen Holzbalken an der Decke machte ich es mir schließlich gemütlich.

Dank guter Beziehungen hatte meine Freundin nach langem Suchen einen tollen, anspruchsvollen Job als Bürokommunikationskauffrau bekommen, der ihr sehr viel Spaß machte. Es war ihr gelungen, sich zwei halbe Tage frei zu nehmen, so dass wir etwas Zeit für einander hatten. Nun war Sonntag. Wir hatten Lust zu bummeln und uns den Ort näher anzuschauen. Im Einkaufszentrum von Desenzano angekommen, beschlossen wir, uns erst mal in ein Café zu setzen. Ich fand es nicht so wichtig, die Läden zu stürmen, die am Sonntagnachmittag geöffnet waren. Wichtig war für mich nur der Schuhladen schräg gegenüber dem Café. Welche Frau kann schon italienischen Schuhen widerstehen?

Wenn man sich als Frau emotional in einer Krise befindet, ist es das Beruhigendeste der Welt, sich einfach etwas Gutes zu tun, sich zum Beispiel superschicke Highheels zu leisten, die mit den Fersen auch das Selbstwertgefühl schlagartig anheben, wenn auch nur für kurze Zeit.

Es schien ein perfekter Sonntag zu werden. Das Wetter war sonnig und wir waren gut gelaunt!

Während wir Latte macchiato tranken, Tramezzini aßen und uns einen Spaß daraus machten, die Menschen zu beobachten, fielen uns zwei große Männer auf, schätzungsweise Ende 30/Anfang 40, die sich unweit von uns an einen Tisch setzten.

„Ganz schön groß für gebürtige Italiener, die beiden, findest du nicht?", flüsterte ich Janine zu.

„Stimmt, typisch ist das nicht. Ich hab ja keine Vorurteile, aber man könnte meinen, die zwei sind schwul", feixte sie. Es fiel uns schwer, nicht dauernd Blicke zum Nachbartisch hinüber zu werfen, genauso schwer, wie uns das Lachen zu verkneifen.

Beide waren gepflegt und sportlich angezogen. Der eine jedoch, dunkelhaarig und muskulös, hob sich in seinem engen gelben Shirt deutlich vom Durchschnitt der übrigen Männer ab. Kein Wunder, dass Janine auf die Idee mit der Homosexualität gekommen war.

Wir schienen den beiden ebenso aufgefallen zu sein, denn immer wieder trafen sich unsere und ihre Blicke, während wir uns jeweils angeregt auf Italienisch unterhielten.

Nach einem schnell getrunkenen Kaffee zahlten die unbekannten Männer, uns beide immer im Blick, und verschwanden schließlich in einem Lebensmittelladen der „Tag der offenen Tür" hatte.

Wir beschlossen, ebenfalls zu zahlen und überlegten, was wir als nächstes tun wollten. Ich brauchte noch zwei Flaschen Wein als Mitbringsel, so hatten wir einen Vorwand, um in den Lebensmittelladen zu gehen.

„Mal sehen, wo die Jungs stecken und was die sonntags einkaufen!", schlug Janine vor.

„Siehst du sie irgendwo??", fragte ich sie auf dem Weg zur Weinabteilung, und da begegneten uns die beiden bereits breit grinsend.

Ein Lächeln huschte über mein Gesicht, aber ich entschied mich, zurückhaltend zu bleiben und kümmerte mich unbeirrt weiter um die Auswahl meines Weines. Keine zwei Minuten später trafen wir uns im Gang wieder.

Schließlich traute sich der Mann mit dem gelben Shirt, uns anzusprechen.

„Ciao, es ist eigentlich nicht unsere Art, aber wir haben euch vorhin beobachtet. Wir würden euch gerne zu einem Kaffee einladen, auch wenn ihr gerade erst einen getrunken habt", grinste er uns an.

Fragend schaute ich Janine an.

„Haben wir noch etwas Zeit? Was meinst du?"

„Natürlich können wir das machen!", antwortete sie vergnügt.

Der andere große Mann schien den Mund nicht aufzubekommen, dafür sprach der gelbtragende umso mehr.

Eigentlich imponierte mir mehr der zurückhaltende und größere von beiden. Er schien auf eine besondere Weise interessant zu sein. Er strahlte so eine angenehme Ruhe aus. Schlank, groß, stattlich mit strahlend blauen Augen. Sehr ansprechend, um nicht zu sagen attraktiv!

Sie stellten sich als Franco und Enzo vor. Mein Favorit hieß also Enzo. Doch leider nahm mich Franco im Gespräch komplett in Beschlag, so dass ich mit Enzo kaum ein Wort wechseln konnte.

Unser Vorhaben, noch in den Schuhladen zu gehen, fiel erst mal flach und wir verschoben es auf den nächsten Tag.

Da wir ungern wieder in dasselbe Café gehen wollten, beschlossen wir, in getrennten Autos zu einem anderen nahegelegenen Café zu fahren. Dort angekommen, bestellten wir vier verschiedene Arten von Kaffee, denn es handelte sich um eine spezielle Kaffeebar mit zirka 40 verschiedenen Kaffeesorten in unterschiedlichen Geschmacksrichtungen und Mischungen, wo es sicher nicht gut rübergekommen wäre, nur eine Latte zu bestellen. Also probierten wir etwas Neues aus.

Enzo, der zirka einsneunzig große Mann, schien eher verschüchtert und kümmerte sich um unsere Bestellung, während wir uns um einen schönen Platz an der Sonne bemühten. Es war eine komische Situation. Wir kannten uns gar nicht und hatten uns doch eine halbe Stunde zuvor von Weitem mit unseren Blicken schon neugierig beschnuppert. Nun saßen wir hier zusammen, genüsslich unseren Kaffee trinkend.

Franco hielt uns mit seinem Parlando auf Trab, während ich darauf wartete, dass Enzo mal zu Wort kam.

Die üblichen Fragen wurden gestellt, was man beruflich machte, wo man wohnte und ursprünglich herkam. Ganz wichtig war, wie lange ich zu Besuch bleiben würde.

Janine tat so, als ob sie am Gespräch interessiert wäre. Sie musterte Enzo und mich mit einem frechen Lächeln. Sie hatte bereits verstanden, dass ich ein Auge auf ihn geworfen hatte.

Er jedoch bekam den Mund nicht auf!

Ganz dezent rutschte ich gespielt nervös mit meinem Stuhl etwas näher an ihn heran, so dass ich, wenn auch nur kurz, mit seinem Oberkörper in Kontakt kam. Natürlich entschuldigte ich mich höflich dafür.

„Das macht doch nichts! Chiara war dein Name, stimmt's?", sagte er schnell.

Nun nahm ich das Ruder in die Hand und ging in die Offensive. So fing ich Enzo mit einigen spitzen Bemerkungen zu befragen an: „Wenn zwei Männer wie ihr sonntags alleine spazieren gehen, kann man dann davon ausgehen, dass ihr beide solo seid?"

Enzo und Franco musterten sich und lachten. „Weißt du," warf Franco ein, „so hässliche Männer wie uns will doch keine Frau haben! Und außerdem haben wir gar keine Zeit für Partnersuche, Enzo ist als Arzt ein sehr beschäftigter Mann."

„Komm, übertreib nicht!", verteidigte sich Enzo.

„Was arbeitest du denn so, Franco, dass du ebenso beschäftigt bist?", fragte Janine mit einem Grinsen.

„Ich bin Ernährungsberater oder Sportlehrer, wie man hier in Italien dazu sagt", antwortete Franco mit eingezogenem Bauch.

Gut, somit hatten wir systematisch, wenn auch sehr direkt, die beruflichen Fragen geklärt. In Italien war es auch nicht unbedingt selbstverständlich, dass man einen Job hatte.

Eigentlich waren wir doch gar nicht auf der Suche, dass uns das alles interessieren sollte! Janine war glücklich liiert, was sie auch deutlich im Gespräch erwähnte, so dass sich das Interesse der beiden nun auf mich konzentrierte.

Chiara, du wolltest hier am Gardasee einfach nur Urlaub machen und wieder zu dir selbst finden, sagte ich mir in Gedanken. *Lass dich jetzt nicht schon wieder ablenken!*

Das andere „ich" meldete sich!

War es nicht oft so gewesen, dass ich mich selbst zu sehr unter Erfolgsdruck setzte? Musste ich jetzt schon wieder überlegen, wie ich diesen Mann dazu bewegen könnte, mir einen Antrag zu machen?

Ich nahm mir vor, alles lockerer zu sehen, alles auf mich zukommen zu lassen, und das war sicherlich auch vernünftiger, schließlich war dies ja ein unverbindliches Treffen.

Das Schlimme bei Enzo war, dass die Neugier, ihn kennen zu lernen, stärker war als die Vernunft.

Auf dem Weg zum Auto beschloss ich, weiter nichts zu unternehmen. Janine flüsterte mir zu: „Meinst du, das ist eine gute Idee, wenn uns die beiden zum Auto begleiten? Vergiss nicht, dein Auto ist nicht gewaschen, was macht das für einen Eindruck?"

Wir mussten laut loslachen, so dass wir fragende Blicke zugeworfen bekamen. Wir gingen jedoch nicht näher darauf ein und versuchten uns loszureißen.

„Da vorne steht unser Auto, wir finden alleine den Weg. Es war sehr nett, euch kennengelernt zu haben. Vielen Dank für den Kaffee", sagte ich eilig.

Wir verabschiedeten uns und weg waren wir.

Beim Auto angekommen, schrie uns eine Stimme nach: „Chiara, warte doch einen Moment!" Enzo war uns hinterhergelaufen und hatte anscheinend noch etwas auf dem Herzen:

„Bitte, kann ich deine Telefonnummer haben? Wer weiß, wann wir uns wieder per Zufall treffen!? Du bist doch noch ein paar Tage hier, vielleicht hast du in den nächsten Tagen noch Zeit, um mit mir essen zu gehen …?"

Etwas überrumpelt gab ich ihm das Gewünschte und wir fuhren los. „Das war doch ein süßer Typ, oder nicht?", meinte Janine.

„Ja schon, aber was soll ich denn mit einem schwerbeschäftigten Arzt, der zehn Jahre älter ist als ich? Und vor allem wohnt der hier am Gardasee und ich in Deutschland! Super! Du kennst mich! Ich bin nicht die Frau, die auf Dauer eine Fernbeziehung führen kann. Und einfach die Zeit als Geliebte genießen, das geht gar nicht."

„Chiara, ich kann dich verstehen. Aber so kann das doch nicht weitergehen. Du kannst nicht komplett deine Zukunft planen. Oft weiß man gar nicht, was das Schicksal für einen bestimmt hat. Vielleicht wird dein Glück in Italien liegen, wenn nicht, dann eben woanders. Verkrampf dich nicht so. Du kennst Enzo doch noch gar nicht und gehst schon wieder dein gewohntes Schema durch. Kaum lernst du jemand Nettes kennen, dann eilst du der ganzen Sache voraus und machst Zukunftspläne. Systematisch überdenkst du, ob das alles Sinn macht und ob es zu deinen Vorstellungen passt. Ob der Typ ein potenzieller Ehemann oder der Vater deines Kindes werden könnte. Mach es dir doch einfach nicht so schwer und nimm es so, wie es ist. Alles wird sich zeigen, später kannst du dir dann noch genug Gedanken machen, okay?"

Sie war zwar sehr direkt, aber ich wusste, sie hatte recht und ich musste meine Einstellung ändern. Sie meinte es nur gut!

Denn sie hatte mich schon so oft am Boden gesehen. Und wie oft hatte ich mir alles rosig ausgemalt und dann?

Eine gesunde Mischung aus Optimismus und Pessimismus hatte ich damals noch nicht gefunden! Vielleicht war es einfach nur diese innere Angst, die mich daran hinderte, alles unverbindlich zu sehen. Die Angst, Zeit mit dem Falschen zu verschwenden.

Ich musste lernen, ein gewisses Risiko einzugehen und anderen Menschen erst mal die Chance zu geben, mich näher kennen zu lernen.

Wenn ich jemand „Neues" traf, lief meist ein Programm nach einem bestimmten Schema in mir ab.

Hatte jemand mich nicht berührt in seiner Art oder war das gewisse Etwas nicht da, nahm ich alles sehr gelassen hin und wartete einfach ab. Komischerweise war es genau diese distanzierte Gelassenheit, die die Männer umso mehr anzog. Es schien, als machte mich eine abweisende Haltung erst richtig interessant, weil es dann nicht mehr so einfach war.

Gefiel mir jedoch ein Mann optisch, in seiner Persönlichkeit und in seiner Ausstrahlung, war es etwas schwieriger, der Vernunft zu folgen. Ich war, wie man so schön sagt, geblendet und „blind". Dieser rational eingeschränkte Zustand fühlte sich anfangs zwar immer schön an, aber er führte so oft zu einem bösen Ende.

Gewisse Erfahrungen prägen einen Menschen.

Nun hatte ich die Möglichkeit, einfach nur ein paar schöne Stunden mit Enzo zu genießen, ohne irgendwelche Ansprüche an ihn und ohne mich konsequent abweisend zeigen zu müssen.

Insgeheim hoffte ich, dass er sich einfach nicht bei mir melden würde und mir damit jegliche Entscheidung abnahm! Wieso aber hatte ich ihm dann meine Telefonnummer gegeben, wenn ich nun hoffte, dass er sich nicht bei mir melden würde? Diese weibliche Logik ist ein unerklärliches Phänomen!

Ein paar Tage später – Sandro war bei der Arbeit und Justin beim Fußball – lagen Janine und ich in der Sonne vorm Haus.

„Hat sich Enzo schon gemeldet?", fragte sie mich neugierig.

„Nein, aber irgendwie bin ich auch froh darüber. Ich muss mir so keine Gedanken machen, wie das weitergehen könnte, falls wir uns verlieben sollten", antwortete ich bestimmt.

Ich zündete mir eine Zigarette an und fragte halbblaut: „Sag mal, hat Enzo bei unserem letzten Treffen geraucht?"

„Nein! Als du kurz auf die Toilette verschwunden warst, bemerkte er am Rande, wie ungesund er das Rauchen fände. Er ist aber nicht näher darauf eingegangen."

„Hmh, interessant! Ist mir in der Aufregung gar nicht aufgefallen. Noch so ein Antiraucher. Er hat ja recht, dass es ungesund ist.

Kannst du dich an Christian erinnern? Was der für Aktionen gebracht hat, nur damit ich nicht rauche?", fragte ich Janine, durch die Erinnerung ganz aufgebracht.

„Ja, aber erzähl noch mal die Geschichte, die ist so zum Lachen! Ich hol uns nur noch schnell einen Eiskaffee. Bin gleich wieder da!", freute sie sich.

„Du bist echt lustig! Ich fand das damals nicht so amüsant."

Mit dem Eiskaffee in der Hand fing ich an, die Episode auszukramen.

Angefangen zu rauchen hatte ich mit 21 Jahren, in meinem ersten Urlaub auf Sizilien mit Christian, meinem ersten richtigen Freund. Christian hatte die tolle Idee gehabt, seinen Fußballfreund und dessen Ehefrau mit einzuladen. Sie waren beide älter als wir, aber ein sehr nettes Pärchen. Ich hatte mir unseren ersten Urlaub zwar romantischer vorgestellt, mich aber schließlich damit abgefunden.

Eines jedoch musste er mir versprechen: Wenigstens einmal mit mir gemeinsam den Sonnenuntergang vom Strand aus anzuschauen. An einem der letzten Abende lief mir

Christian auf dem Weg zur Pension eilig voraus: „Wohin willst du denn? Komm, wir gehen noch die paar Meter an den Strand und schauen uns den Sonnenuntergang an!"

„Nein, heute nicht! Ich gehe jetzt ins Bett, ich bin müde", sagte er, während er zielstrebig weiterging.

„Komm, bitte Schatz! Du weißt, wie sehr ich mir das wünsche. Bald fahren wir doch wieder heim. Was willst du denn jetzt schon im Bett?", fragte ich mit hörbarer Enttäuschung.

„Ciao, Süße. Ich gehe jetzt. Entweder du kommst jetzt mit, oder du lässt es!", und weg war er.

Ich glaubte es nicht! Er ließ mich einfach so stehen. Gut, dachte ich mir, dann gehe ich eben alleine zum Strand. Wohl war mir bei der Sache nicht, denn ich hatte ein enges schwarzes Minikleid mit Turnschuhen an und nur ein paar Groschen im Geldbeutel. Auf dieser Insel um diese Uhrzeit noch alleine unterwegs zu sein, war mir nicht ganz geheuer. Mein Stolz und die Kränkung waren jedoch so stark, dass ich mir die Blöße nicht geben mochte, ihm gleich zu folgen.

So ging ich die fünf Minuten Wegs zum Strand, setzte mich auf eine Parkbank und himmelte den Sonnenuntergang an. Ich ertappte mich dabei, wie ich ein kleines italienisches Lied vor mich hersang, das ich meistens sang, wenn ich sehr traurig war. Es beruhigte mich immer ein wenig. Dieses Mal kullerten mir ein paar Tränen die Wangen herab. Die Vorstellung, dass dieser eiskalte, kompromisslose Mensch mein Verlobter war, machte mich krank.

„Hallo schöne Dame. Was machst du denn hier so alleine. Lust auf ein bisschen Spaß?", sprach mich ein offensichtlich einheimischer Passant auf Italienisch an.

Ich schreckte aus meinen Gedanken auf und lief davon so schnell ich konnte. „Ich tu dir doch nichts! Hallo ...?", schrie mir der Unbekannte noch hinterher. Ich hatte den Mann überhaupt nicht bemerkt, so versunken war ich und so egal war mir in diesem Moment alles gewesen!

In der Tasche hatte ich noch ein paar Münzen, die ich benutzen wollte, um meine Eltern anzurufen. Dann schaute ich auf die Uhr und entschied, dass es zu spät dafür sei. Sie hätten sich nur Sorgen gemacht und meine Mutter hätte an meiner Stimme gleich bemerkt, dass etwas nicht stimmte. Also ging ich wieder in Richtung Pension, um ebenso wie Christian schlafen zu gehen.

Vor unserem Hotelzimmer angekommen, klopfte ich mehrmals an die Tür in der Hoffnung, dass er noch wach war und mir aufmachte.

Natürlich machte er nicht auf. Es war mir peinlich, dass andere Gäste an mir vorbeigingen und mich so hilflos ausgesperrt sahen. Nach fünf Minuten Wartezeit schloss er endlich die Tür auf. Sauer und ohne ein Wort legte er sich wieder hin. Gut, Chiara was machst du jetzt?

Nervös und aufgebracht wie ich war, nahm ich seine Zigaretten, die er zuvor gekauft hatte, und setzte mich auf den Balkon. Er rauchte nur gelegentlich, wenn er mit seinen Fußballkollegen einen trinken war. Kurz gesagt, wenn er angetrunken war, ansonsten war er strikter Nichtraucher. Man bemerke, dass ich zuvor nie geraucht hatte, aber in dieser Situation wollte ich es aus Trotz einfach versuchen.

Nachdem ich meine erste Zigarette auf Lunge geraucht hatte, ging es mir nicht wirklich besser. Ich fühlte mich matt und wollte nur noch ins Bett. Es war eine heiße Augustnacht und selbst nackt wäre es zu heiß gewesen. Ich zog mich bis auf das Höschen aus und legte mich zu dem beleidigten Christian ins Bett.

Wieso war *er* eigentlich beleidigt? *Ich* hatte doch allen Grund! Er hatte sein Versprechen, mit mir den Sonnenuntergang anzuschauen, nicht gehalten, hatte aber auch nicht damit gerechnet, dass ich meine Drohung, alleine zu gehen, wahr machen würde. Es hatte ihn bestimmt auch gestört, dass ich in dem schwarzen Minikleid noch alleine weg war.

Keine zwei Minuten später spürte ich seinen Ellenbogen in meinen Rippen. Einmal, zweimal und beim dritten Mal sagte ich ihm deutlich: „Hör auf, du tust mir weh! Wir reden lieber morgen in Ruhe, heute bringt das nichts mehr."

Ich fühlte mich noch immer schwach von meinen Lungenzügen und wollte nur noch schlafen. Christian jedoch nicht!

Er sprang wie von der Tarantel gestochen auf, machte das Licht an und stand fordernd vor mir. „Du bist ja ganz neben dir, hast du Drogen genommen? Wo warst du?", schrie er mich an, riss meinen Arm zu sich hoch und begutachtete meine Armbeuge.

„Spinnst du? Ich war am Strand und dann noch kurz telefonieren. Ich und Drogen? Ist das dein Ernst, ich rauche ja nicht mal, bis gerade eben. Deshalb ist mir auch so komisch", erklärte ich fassungslos, mit einem kleinen Lächeln.

„Mit so was brauchst du mir nicht zu kommen! Pack deine Sachen und fahr heim nach Deutschland! Wie, ist mir egal. Kannst ja deine Eltern anrufen, dass sie dich abholen sollen." Er wurde noch wütender und riss mich zu Boden.

Nun war mir der Ernst der Lage klar. Er meinte wirklich, was er sagte.

Zum zweiten Mal an diesem Abend konnte ich die Tränen nicht zurückhalten und brüllte ihn schließlich an: „Mit was für Geld hätte ich denn Drogen kaufen sollen? Ich habe doch gerade noch ein paar Münzen im Geldbeutel. Wie soll ich denn heute Nacht noch heimkommen? Das Geld und mein Pass sind unten an der Rezeption im Tresor. Soll ich auf den Strich gehen, um das Geld für die Heimfahrt zu bekommen? Stellst du mich so in meinem Höschen vor die Tür?"

Nun hatte er verstanden, dass er zu weit gegangen war. Es wurde still im Raum und ich legte mich, die Knie ans Kinn gezogen, auf den Boden in eine Ecke und schlief erschöpft ein.

Janine kannte die Geschichte bereits, und doch war sie immer wieder leicht schockiert. „Oh, Maus, bin ich froh, dass du den Deppen nicht geheiratet hast! So hast du also damals das Rauchen angefangen. Ganz schön dumm."

Ja, ganz schön dumm damals. Ich dachte, dass das Rauchen in Stresssituationen helfen würde. Dabei hat es mir lediglich den Kreislauf geschwächt und jetzt bin ich abhängig. Vom Urlaub zurück, hatte ich Christian verziehen und wir redeten nie wieder über das, was vorgefallen war. Aber die Tatsache, dass ich Raucherin geworden war, reichte, um ihn tagtäglich daran zu erinnern.

Ganz langsam entwickelte sich meine Sucht. Erst rauchte ich nur gelegentlich, dann nur an den Wochenenden. Bis dann fast jede Gelegenheit eine Besondere war, um eine anzuzünden. Christian hasste es, dass ich rauchte, aber es blieb ihm nichts anderes übrig, als es zu tolerieren – allerdings tat er dies nicht in meiner eigenen Wohnung, und ich rauchte ihm zuliebe auch nicht in der Wohnung. Bis zu dem Tag, an dem ich Besuch von meinen Freundinnen bekam.

Christian war mit seinen Kumpels unterwegs und wollte erst gegen 23 Uhr zu Hause sein, um dann bei mir zu übernachten. An diesem Winterabend war es eisig kalt und ich wollte meinen Gästen nicht zumuten, zum Rauchen auf den Balkon zu gehen. Vor allem war es auch mir zu kalt, um hinauszugehen! So beschloss ich, in der Wohnung zu rauchen und später, noch bevor mein Freund käme, gut zu lüften.

Unerwartet kam mein Schatz natürlich früher als vereinbart nach Hause. Schon im Flur roch er den Rauch, so dass er zielstrebig zur Balkontür ging, sie aufriss und sich mit einem Stuhl demonstrativ davorsetzte. „Schatz! willst du nicht erst mal Hallo sagen? Du wolltest doch später kommen! Wir lüften nachher schnell, es war so kalt draußen", sagte ich noch liebevoll. Mit einem stinksaueren Gesichtsausdruck und ohne ein Wort zu sagen saß er nun in Richtung Balkon blickend. Abweisender ging es nicht. Mir war sein Benehmen meinen Freunden gegenüber sehr peinlich. Ihnen leider auch, denn kurz danach verabschiedeten sie sich mit einem bemitleidenden Blick.

Nachdem alle gegangen waren, legte er gleich los: „Das ist unterste Schublade, in der Wohnung zu rauchen!!!" Und bevor ich michs versah, spuckte er mir mit großer Freude vor der Küchenzeile auf meinen frisch gewischten Boden.

So, nun konnte ich mich nicht mehr zurückhalten und schimpfte ihn laut an: „Nun hör mal zu! Dass ich in der ganzen Zeit nicht in meiner Wohnung geraucht habe, war schon sehr entgegenkommend. Du beteiligst dich null an der Miete, und das ist meine Wohnung! Schon vergessen? Du benimmst dich meinen Gästen gegenüber super peinlich. Du putzt sofort meinen Fußboden! Hörst du?

Wenn du dich nicht benehmen kannst, dann verlässt du sofort meine Wohnung. Ich gebe dir drei Minuten, ansonsten werfe ich dein Handy in hohem Bogen vom Balkon."

Ich nahm sein Handy, rannte damit auf den Balkon und hielt es hinaus.

Er wusste, dass ich es ernst meinte und er es wieder geschafft hatte, mich rasend zu machen.

Ohne ein Wort putzte er den Boden auf und verließ die Wohnung!

Janine und ich schauten uns an und prusteten los! Jetzt konnte ich darüber lachen, aber damals war mir eher zum Heulen zumute.

„Schon schlimm, Chiara, was man manchmal aus Liebe mitmacht und wie man sich erniedrigen lässt. Vor allem, glaube ich, haben wir Frauen die Gabe, immer wieder zu verzeihen."

„Es mag manchmal auch Dummheit sein!", lachte ich sie an.

Gegen Abend meldete sich Enzo schließlich doch noch auf meinem Handy und lud mich zum Essen ein. Mit gemischten Gefühlen nahm ich seine Einladung an, und kurz darauf holte er mich an der kleinen Kirche in Janines Wohnort ab.

Fürsorglich wie Janine war, hatte sie mich versprechen lassen, mich später per SMS bei ihr zu melden, um ihr mitzuteilen, ob alles in Ordnung wäre. Ich kannte diesen Mann ja kaum und er war mir noch fremd.

Er hatte sich ein Lokal direkt am Lago ausgesucht, in dem mitten im geschlossenen Raum große Olivenbäume wuchsen. Sehr idyllisch und romantisch! Während des Essens musterte er mich sehr genau und bemerkte:

„Als wir uns das erste Mal trafen, warst du nicht so distanziert. Fühlst du dich in meiner Nähe nicht wohl?"

„Doch, wieso? Ich genieße nur den Abend, mehr nicht!", antwortete ich ihm bestimmt. Ich wusste, dass dies nicht ganz der Wahrheit entsprach und er wusste es auch!

Mein Verhalten war nicht distanziert, sondern verunsichert.

Jedes Mal, wenn mir jemand wichtig war, ging etwas schief.

Deshalb baute sich dann immer eine unsichtbare Barriere in mir auf. Vielleicht war das auch ein Selbstschutz, es machte jedoch die Sache nicht gerade einfacher!

„Ich bin einfach nur vorsichtig!", fügte ich hinzu und ließ das Thema damit auf sich beruhen.

Der Abend verlief harmonisch und wie es sich bei einem ersten Treffen gehört, zahlte er meine Meeresfrüchtepizza und alles andere, was wir bestellt hatten. Währenddessen teilt ich Janine per SMS mit, dass alles in Ordnung war.

Wir beschlossen, am beleuchteten Lago noch etwas spazieren zu gehen.

„Schau, Chiara, wie ruhig das Wasser ist und wie die Lichter sich darin spiegeln! Ist der Abend nicht perfekt? Wann sehen wir uns wieder, hmh? Ich möchte dich ernsthaft näher kennen lernen."

Ich musterte seine blauen Augen, die in der Dunkelheit nachtblau erschienen, und antwortete zaghaft:

„Ich würde dich auch gerne näher kennen lernen. Doch wie soll das gehen? Ich wohne über 850 Kilometer weit weg von dir!"

„Chiara, hör mir zu! Wenn das Schicksal es will, wird alles seinen Weg gehen. Oft hat man für vieles keine Erklärung, es geschieht einfach! Lass uns doch einfach Kontakt halten und wir werden sehen, ob und wie es weitergeht. In Ordnung?"

Er zog mich an sich und umarmte mich innig. Ohne Worte stimmte ich ihm zu und genoss einfach seine Nähe. Seine Haut fühlte sich so warm und gut an. Angst vor Nähe, sollte ich sie je gehabt haben, war bei ihm wie weggeblasen.

Oft lernt man Menschen kennen, die man wortwörtlich nicht riechen kann. Enzo löste das Gegenteil davon aus, sein Geruch war mir so vertraut, er erzeugte ein Gefühl zwischen Gänsehaut und Kribbeln in der Bauchgegend. Wie sehr wünschte ich mir in diesem Augenblick, dass alles einfacher wäre. Dass mein Kopf sich ausschaltete und ich die ganze Nacht seinen Körper an meinem spüren könnte.

In Gedanken stellte ich mir vor, wie es sein würde, mit ihm intim zu werden. Wie ich es genießen würde, von ihm innig geliebt zu werden.

„Chiara? Träumst du? Alles in Ordnung mit dir?", grinste er mich an.

„Ja, alles bestens. Es ist spät geworden, bringst du mich heim?", fragte ich leise. Händchenhaltend liefen wir zum geparkten Auto, als hätten diese Hände schon eh und je zusammengehört.

Während der Autofahrt umhüllte uns Stille, jeder war in seine Gedanken vertieft. Vor Janines Haus angekommen, schauten wir uns fragend an und warteten beide, wer von uns den Anfang machen würde, sich zu verabschieden. Enzo nahm meinem Kopf zwischen die Hände und zog ihn ganz nah zu sich heran. Tausend Gedanken schossen mir durch den Kopf. Wenn er mich nun küsste, musste ich für ihn nicht wie ein Aschenbecher riechen!?

Ich hatte mir vor Aufregung das Rauchen im Restaurant nicht verkneifen können. Wieso hatte ich vorher auch keinen Kaugummi genommen?

Wenn ich ihn nun abwies, musste er denken, ich hätte keine Interesse! Kurzerhand beschloss ich, ihm meine Bedenken offen darzulegen.

„Du, ich muss schrecklich riechen. Ich habe doch geraucht!"

„Ich weiß, sag nichts!", nickte er, legte seinen Finger auf meinen Mund und dann ganz sanft seine Lippen auf die meinen. Dieses Kribbeln war wieder da!

„Danke für den schönen Abend. Ich muss jetzt gehen", sagte ich in meiner Verlegenheit und verließ eilig das Auto ohne zurückzuschauen. Erst, als er um die Ecke fuhr und ich sicher sein konnte, dass er mich nicht mehr sehen konnte, drehte ich mich nach ihm um.

Bevor ich zu Janine in die Wohnung ging, hielt ich inne und ließ noch einmal den Abend Revue passieren. Selbst im Bett ließen mich meine Gedanken an Enzo und den Abend mit ihm nicht los. Bis ich dann irgendwann zufrieden einschlief.

SIEBENTES KAPITEL

Der Urlaub war viel zu schnell zu Ende gegangen, ich saß wieder in meinen vier Wänden und der normale Alltag war eingekehrt, nur Enzo meldete sich ab und zu, wie besprochen. Ich jedoch hatte, nach Deutschland zurückgekehrt, mir so meine Gedanken gemacht.

Vielleicht suchte ich auch nur Ausreden, um diese sich anbahnende Beziehung zu verhindern.

Was machte er, wenn ich nicht da war? Mit wem, mit welcher Frau traf er sich? Wie konnte man eine Partnerschaft über eine solche Entfernung führen?

Konnte man Vertrauen oder eine Bindung aufbauen, ohne einen Menschen näher zu kennen? Was war, wenn ich nun hier in Deutschland einen anderen interessanten Mann kennenlernte? Wie konnte ich die Sehnsucht aushalten, Enzo zu sehen oder zu spüren? All diese Fragen beschäftigten mich so sehr, dass ich aus Angst zu versagen, den einfacheren Weg wählte und mich nicht mehr bei ihm meldete und seine SMS nicht mehr beantwortete.

Ich hoffte sehr, dass mir diese Entscheidung nicht irgendwann einmal leidtun würde. Aber im damaligen Moment konnte ich nicht aus meiner Haut und fand es vernünftiger, alles so zu belassen, wie es war.

Der Sommer war nun endlich auch in Deutschland eingekehrt, so dass man auch unter der Woche das Bedürfnis
verspürte, ins Freie zu gehen. Ich liebte den Sommer, nicht
nur, weil ich positive Energie tanken konnte, sondern
auch, weil man als Frau keine Feinstrümpfe für fast 10
Euro mehr zu kaufen brauchte, nur um sie gleich nach
dem ersten Tragen kaputt wegzuschmeißen. Man sparte
Geld!

Mia, meine jüngste Schwester war derzeit sehr deprimiert.
Deshalb dachte ich, es wäre vielleicht keine schlechte Idee,
mit ihr in den Biergarten zu gehen, um sie etwas abzulenken. Ein paar Wochen war es erst her, dass sie ihre Verlo-
bung mit Luca, ihrem italienischen Jugendfreund, aufgelöst
hatte. Fünf Jahre war sie mit ihm zusammengewesen.

Es waren fünf lange, schwierige Jahre, denn er lebte in
Italien bei Rom, wo unser Elternhaus stand. Da sie sich
schon als Fünfzehnjährige kennengelernt hatten und so
weit voneinander entfernt wohnten, verlief ihre gegenseiti-
ge Annäherung sehr langsam.

Mia war oft schlecht gelaunt und litt darunter, nicht bei
Luca sein zu können. Dabei hatten unsere Eltern Verständnis für die Beziehung, sie standen ihr nicht im Wege
und hatten einer Hochzeit zugestimmt.

Es kam jedoch der Tag, an dem Mia sich entscheiden
musste, ob und wann sie für immer nach Italien ging.

Für Luca war es klar, dass sie zu ihm ziehen würde. Aber
offen darüber geredet hatten sie nicht!

Es war keine leichte Entscheidung, Mia war zwischen zwei starken Bindungen hin- und hergerissen, denn nach einer so langen Zeit konnte man sicherlich von Liebe sprechen.

Natürlich verlief eine Partnerschaft auf Entfernung anders als normal. Man hatte weniger Zeit, um sich kennen zu lernen, aber wenn man sich sah, genoss man diese kurze Zeit dafür umso intensiver. Und man konnte seine Macken und Fehler besser verstecken! Wenn man sich nur ab und zu sah, riss man sich zusammen und diskutierte nicht über Sachen, die einen störten. Die Zeit war viel zu kostbar, um zu streiten.

Dies war eindeutig ein Nachteil! Mir persönlich war es lieber, anfänglich eng beieinander zu hocken, um dann gleich festzustellen, welche Eigenarten der andere hatte. In der Anfangsphase hatte man zwar die rosa Brille auf, aber man konnte auch noch nicht von wahrer Liebe sprechen.

Somit war es besser, ganz am Anfang der Beziehung die negativen Seiten des anderen zu entdecken, um dann zu entscheiden, ob man damit leben konnte oder nicht! Eine mögliche Trennung war dann noch nicht so schwer.

Nun war es aber so, dass Mia seit mehreren Jahren auf Entfernung mit Luca zusammen war. Kannte sie ihn wirklich? Sie ging davon aus, dass es so wäre, als sie ihm am Telefon mitteilte, dass sie Angst davor hätte, nach Italien zu ziehen. Ihre Familie lebte schließlich hier in Deutschland und sie war noch sehr jung.

Natürlich war Rom nicht aus der Welt! Man konnte seine Verwandten und Freunde mehrmals im Jahr besuchen, aber es war nicht dasselbe. In diesem Alter brauchte man noch die moralische Unterstützung der Familie. Es war also ein wichtiger Schritt für Mia. Luca reagierte leider nicht so, wie sie es sich erhofft hatte.

Anstatt Verständnis zu zeigen und sie zu beruhigen, dass alles gut gehen würde, sagte er entschlossen und eiskalt zu ihr: „Mia, hör zu! Du wusstest, dass ich nie nach Deutschland kommen würde. Dann müssen wir es eben lassen!"

Mia stockte der Atem. Schockiert antwortete sie nur:

„Gut, so schnell gibst du alles auf? Ich habe doch nicht erwartet, dass du nach Deutschland kommst! Ich wollte dir nur meine Angst anvertrauen! Du hast ja nichts zu verlieren. Sehr bequem zu sagen, entweder du kommst nach Italien oder wir lassen es. Aber gut, ich akzeptiere es!"

Wie konnte er so gefühllos reagieren? Die arme Mia wusste damals noch nicht, dass ihr liebster Luca sich schon anderweitig umschaute. Ihre beste Freundin hatte bereits ein Auge auf ihn geworfen und ihm den Hof gemacht. Wie gut, dass man alle Neuigkeiten und Geschichten von den Verwandten erfuhr, die dort lebten.

Vielleicht hätte es aber nicht so sehr wehgetan, wenn sie über all das im Ungewissen geblieben wäre!?

„Ein Mann, der mit dir verlobt ist und dich aufrichtig liebt, macht doch nicht einfach Schluss!!! Man wirft doch nicht einfach fünf Jahre weg!", versuchte ich sie damals zu trösten.

Luca hatte bereits vor jenem Telefonat seine Entscheidung getroffen. Er war nur nicht Manns genug, es Mia ehrlich mitzuteilen.

In der Rückschau musste sie zugeben, dass es die ersten Anzeichen schon länger gab und sich darin gezeigt hatten, dass er sich immer seltener meldete und bei den wenigen Telefonaten stets kurz angebunden war. Sie liebte ihn und entschuldigte deshalb sein Verhalten immer wieder, auch wenn sie im Geheimen wusste, dass etwas nicht stimmte!

Entschloss ich mich vielleicht deshalb, eine Beziehung zu Enzo abzulehnen, weil ich nicht so leiden wollte wie meine kleine Schwester? Mir fehlte der Mut, Enzos Werben anzunehmen, obwohl alles so harmonisch mit ihm war.

Nun saßen wir in unseren Liegestühlen in diesem Biergarten und jede war in ihre Gedanken vertieft. Was sollte ich ihr Aufbauendes sagen? Ich selbst kannte das Rezept für eine funktionierende Partnerschaft ja nicht!

„Weißt du Mia, es gibt so viele Männer auf dieser Welt! Andere Mütter haben auch schöne Söhne! Die Kunst ist nur, den Richtigen zu finden! Aber du hast ja noch so viel Zeit, meine Süße. Schau mich an, ich bin schon fast 30. Ich sollte mir Gedanken machen. Mich will bald keiner mehr haben!!!", sagte ich sarkastisch. Sie musste lächeln, stand von ihrer Liege auf und umarmte mich ganz fest.

„Chiara?! Hey, was machst du denn hier? Schon lange nicht mehr gesehen!", hörte ich jemanden auf mich zukommen.

„Wer ist das denn?", flüsterte Mia mir zu.

„Oh, nein! Ein Kumpel von meinem Ex Viktor", klärte ich sie schnell auf, bevor die kleine rothaarige Figur bei uns stand. Er ging vor uns in die Hocke, um besser mit uns reden zu können.

„Kennst du mich nicht mehr? Ich bin Matthias, der Kumpel von Viktor. Was machst du denn so? Seid ihr öfters hier?"

„Hallo ... mhm ... Matthias?! Nein, wir sind heute das erste Mal hier. Wir wussten gar nicht, dass es hier einen so schönen Biergarten mit Sand und Liegestühlen gibt. Wie geht es Viktor? Ich habe ihn schon bestimmt vier Jahre nicht mehr gesehen!", antwortete ich ihm anstandshalber.

„In der letzten Zeit höre ich nichts mehr von ihm. Er hat die Freundin, mit der er nach dir zusammenkam, geheiratet und scheint glücklich zu sein! Hast du nicht Lust, dich bei mir mal zu melden?", fragte er aufdringlich.

„Nein, habe ich nicht!!!", dachte ich mir!

Was wollte er von mir? Spielten wir nun „Bäumchen wechsle dich" oder was?

Sein Freund hatte die eine abgelegt und die wurde nun weitergereicht?

Er war einfach ekelhaft und penetrant.

Vielleicht reagierte ich auch etwas überempfindlich, weil mir die alten Zeiten noch sehr nachgingen.

Aber er schien mich mit den Augen fast zu verschlingen. Ein unangenehmer Zwerg war er und basta!

Also beschloss ich das Gespräch so kurz wie möglich zu halten und antwortete ihm knapp: „Wenn wir wieder mal hier sind, warum nicht! Dann können wir eventuell Volleyball im Sand spielen. Aber oft gehe ich nicht weg. Also versprechen kann ich dir nichts!"

„Hier hast du meine Telefonnummer!", sagte er und diktierte sie mir, so dass ich sie gleich in mein Handy tippen musste!

„Der war ja echt unangenehm! Der hat dir so fixiert in die Augen geschaut, wie ein Psychopath", sagte Mia entsetzt, als Matthias endlich verschwunden war.

„Hör auf! Der hat mich wieder an die Geschichte mit Viktor erinnert. Das hätte nicht sein müssen. Die ganze Clique spinnt ein bisschen!", erklärte ich ihr, während ich nebenbei die gerade eingegebene Telefonnummer wieder löschte.

„Die Nummer brauche ich sicher nicht! Wenn ich mir einen Psycho anschauen will, dann leihe ich mir eine DVD aus!", spottete ich und lachte laut.

Eigentlich müsste man bei einem Handy neue Optionen einführen für das Löschen wichtiger oder weniger wichtiger Telefonnummern. Eine nette Stimme fragt dich: „Sind Sie sicher, dass Sie diese Nummer löschen wollen? Dann bestätigen Sie dies bitte mit JA, NEIN oder VIEL-LEICHT! Wenn Sie noch mal ein letztes Mal mit dieser Nummer verbunden werden wollen, bestätigen Sie dies bitte mit der Rautetaste. Möchten Sie zu einem späteren Zeitpunkt die Löschung durchführen, legen Sie nun bitte auf! Wir werden Sie daran erinnern!"

Manchmal wären diese Möglichkeiten ganz hilfreich. Bei Matthias und seiner Telefonnummer benötigte ich sicher nicht die VIELLEICHT-Taste.

Mia wusste nichts von meiner kurzen Geschichte mit Viktor und fragte mich deshalb neugierig: „Wieso hat das mit Viktor und dir damals nicht geklappt?"

„Wenn ich dir das erzähle, wirst du mir wahrscheinlich nicht ganz glauben. Es ist mir etwas peinlich und unangenehm, aber ich erzähle es dir." Und ich begann für Mia die ganze Geschichte noch einmal aufzurollen:

Viktor schien niemals etwas alleine zu machen. Als wir uns kennenlernten, war er gerade mit seinem besten Freund Frank unterwegs. Wir lernten uns in einer kleinen Bar kennen, hatten uns aber ohne Austausch der Telefonnummern wieder verabschiedet. Umso überraschter war ich, als beide bei mir im Geschäft auftauchten. Wie immer im Doppelpack! Viktor war sehr zurückhaltend und bevorzugte es oft, Frank für sich sprechen zu lassen. Da Frank sein bester Freund war, machte er fast gar nichts ohne ihn! Mir machte es anfangs nichts aus, dass wir jedes Wochenende mit der Clique verbrachten.

Eines Abends waren wir alle, wie so oft, bei Frank zu Hause. Meine Sorge war, dass Frank Viktor wieder so besoffen machte würde, dass wir nicht mehr heimfahren konnten und bei ihm übernachten mussten.

Selbst wenn ich noch im Stande gewesen wäre zu fahren, war das Problem ein anderes! Ich bekam Viktor nicht wach!!! In volltrunkenem Zustand war er wie im Koma und nicht von der Stelle zu bewegen, so dass er das, was um ihn geschah, nicht mehr bemerkte.

Viktor, Frank und Matthias unterhielten sich angeregt auf der Terrasse, während ich in der Küche die Salate als Beilage für das Grillgut vorbereitete. Die Männer grillten draußen das Fleisch, wobei ich undeutlich hörte, wie sie sich animiert über sexuelle Vorlieben unterhielten. Es fielen die Worte 'flotter Dreier!' Offenbar schienen sich alle Männer das zu wünschen! Ich dagegen verabscheute so etwas und war mir sicher, dass ich niemals meinen Partner teilen wollte, egal ob mit einem weiblichen oder einem männlichen Dritten. Dazu war ich zu konservativ.

Aber was machte ich mir darüber Gedanken? Es war doch nur ein alltägliches Gespräch unter Männern! Für mich kam das eh nicht in Frage!

Etwas durcheinander und nachdenklich brachte ich die Salate zu den anderen hinaus und versuchte, mich in die

Unterhaltung einzumischen: „Was hattet ihr denn gerade für ein interessantes Thema?"

„Nur Blödsinn, Schatz", versuchte Viktor vom Thema abzulenken. Gegen später – wir hatten alle sehr viel getrunken und bei der Hitze stieg mir der Alkohol schnell zu Kopf – hörte ich klar und deutlich Frank zu Viktor sagen: „Sie ist noch nicht soweit."

Was meinte er damit? Dass ich noch betrunkener werden müsste? Sie dachten wohl, ich sei auch so schon nicht mehr in der Lage, diese Bemerkung richtig zu deuten. In dieser Hinsicht hatten sie recht, denn der Sinn dieser Worte erschloss sich mir zu diesem Zeitpunkt nicht.

Ich öffnete meine Augen und fragte beide: „Was meint ihr damit?"

„Nichts, schlaf ruhig weiter", antworteten beide zugleich. Ich kuschelte mich in meinen Liegestuhl auf der Terrasse und dachte nicht weiter darüber nach.

Nach ein oder zwei Stunden wachte ich auf und suchte Viktor.

Im Laufe dieses feuchtfröhlichen Abends war es Frank schließlich wieder gelungen, Viktor außer Gefecht zu setzen. Matthias war bereits gegangen und Viktor lag tief schlafend auf dem Sofa im Wohnzimmer.

Mir blieb nichts anderes übrig, als mich auf das gegenüberliegende Sofa zu legen, denn auch ich war müde und angetrunken.

Fast eingeschlafen, spürte ich sanfte Hände über meine Schenkel gleiten. Mit geschlossenen Augen legte ich meine Hände auf diese. Bis ich erschrocken feststellen musste, dass dies nicht die Hände von meinem Freund waren, sondern die von Frank.

Ich versuchte ihn zu ignorieren und weiterzuschlafen, was mir nicht leicht fiel. Da Viktor in seiner zurückhaltenden Art eher lieblos und kalt zu mir war, bemerkte ich jetzt, wie sehr ich mich nach Zärtlichkeiten sehnte.

Chiara! Lass dich nicht verführen oder ablenken. Versuch einfach nur zu schlafen!, sagte ich zu mir selbst in Gedanken. Bis ich es begriffen hatte, lagen Franks Lippen schon auf meinen. In benebeltem Zustand ließ ich diesen Kuss zu, blockte aber alles weitere ab mit einem schlechten Gewissen Viktor gegenüber.

Am nächsten Morgen, konnte ich es nicht fassen, dass ich so etwas zugelassen hatte. Es war doch nur ein Kuss, versuchte ich mein Verhalten zu entschuldigen. Frank benahm sich unauffällig, als wäre nichts passiert. Ich jedoch konnte nicht so tun, als ob nichts geschehen wäre! Vor Scham konnte ich Viktor nicht in die Augen sehen, bis ich es ihm gegen Mittag dann beichtete.

Was war mit mir los? Ich hatte doch selbst sehr hohe Ansprüche an mich und andere, vor allem was die Treue betraf. Es war zwar nur ein Kuss, aber ein inniger Kuss mit Leidenschaft und Sehnsucht. Ein Kuss, den ich erwidert hatte, von seinem besten Freund! Wie hätte ich reagiert, wenn mein Freund mir so etwas gebeichtet hätte? Hätte er es überhaupt zugegeben, oder hätte er es verschwiegen? Ich war es gewohnt, immer ehrlich zu sein und für meine Taten gerade zu stehen, mit allen Konsequenzen.

Mich bedrückte es, jemanden zu belügen oder so etwas Wichtiges zu verheimlichen. Ich musste es ihm einfach sagen!

Komischerweise reagierte Viktor gelassen und sagte nur: „Schön, dass du es gleich gebeichtet hast. Es ist zwar nicht sehr toll von dir, aber du warst ja genauso wie ich ziemlich angetrunken. Vergessen wir es einfach!"

"Schatz, es tut mir so leid! Ich versichere dir, es war nur ein Kuss. Bitte versprich mir, dass wir nicht mehr bei Frank schlafen werden und du dir nicht immer so die Kante gibst, dass du nichts mehr mitbekommst", bat ich ihn reumütig.

Eine Woche später beschlossen wir, bei Viktor zu Hause einen Videoabend zu veranstalten. Es war wie immer ein lustiger Abend, auch wenn ich Frank gegenüber etwas reserviert war. Der Film war zu Ende und wir verabschiedeten uns zur guten Nacht. Mein Freund hatte Frank angeboten, im Wohnzimmer zu übernachten, was sein bester Kumpel natürlich tat. Mich störte es nicht, denn ich war glücklich darüber, dass der unangenehme Vorfall unsere Beziehung nicht weiter belastete und wir nun zu zweit ins Bett gingen.

Im Schlafzimmer fragte ich Viktor, ob wir nicht die Türe zumachen könnten, was er jedoch ablehnte.

Gut, dann machen wir die Tür eben nicht zu, dachte ich mir.

Auf dem Oberkörper von Viktor schlief ich ein. Bis ich an meinem großen Zeh ein Ziehen spürte. Verschlafen hob ich nur den Kopf und erschrak zu Tode. Frank stand an unserem Bettende und winkte mich ins Wohnzimmer. Das war zuviel! Hatte ich ihm mit diesem Kuss Hoffnungen gemacht? Was wollte er von mir? Ich zeigte ihm den Vogel und legte mich wieder hin. Stur zupfte er weiter an meinen Füßen herum und war mit seinem nackten Oberkörper auf einmal über uns gebeugt. Reflexartig bohrte ich vor Angst meine langen Fingernägel in den Oberarm von Viktor, so dass dieser ganz erschrocken aufblickte und seinen besten Kumpel halbnackt über uns gebeugt vorfand.

„Was machst du denn hier?", fragte er ihn völlig verschlafen.

„Ich wollte mich nur verabschieden. Mir ist langweilig, ich gehe jetzt heim!", erwiderte er und verschwand im anderen Zimmer.

„Aber jetzt machen wir bitte die Schlafzimmertür zu, hörst du?", sagte ich nun bestimmend, ohne ihm das Vorgefallene näher zu erklären.

Morgens auf dem Weg zur Toilette musste ich entdecken, dass Frank immer noch da war. Ohne ihn näher zu beachten, huschte ich in meinem T-Shirt und meinem Unterhöschen schnell an ihm vorbei. Bevor ich mich's versah, klatschte er mir mit der Hand auf den Po und bemerkte: „Nettes Ärschle!"

„Spinnst du? Was willst du denn von mir? Ich bin mit deinem besten Freund zusammen, schon vergessen?", fauchte ich empört, aber leise, denn mein Schatz war noch im Bett und schlief.

Nachdem Frank endlich gegangen war, erzählte ich Viktor ganz aufgewühlt, was geschehen war. Er glaubte mir jedoch kein Wort!!!

Mia hatte mir die ganze Zeit aufmerksam zugehört und fragte mich verunsichert: „Meinst du, das war geplant? Hatten die vor, mit dir in besoffenem Zustand einen Dreier zu vollführen? Das ist ja alles ganz schön hart!"

„Ich weiß es nicht, aber es war alles sehr seltsam. Viktors Gelassenheit dem Kuss gegenüber und diese seltsamen Gespräche der beiden untereinander. Der Hammer war, dass er mir kein Wort glaubte, als ich ihm das Vorgefallene erzählte. Sein bester Freund würde das nie aus eigener Initiative machen! Ich hätte Frank verführt! Ich war die Hure in seinen Augen. Ach, was sollte ich mit einem Mann, der alleine und ohne seinen besten Freund keinen Schritt tun konnte. Der ständig besoffen war. Die Tatsache, dass Viktor mir nicht glaubte, war das Schlimmste daran für mich. Wie konnte einer alleine schuld sein?"

„Du hattest verrückte Männer, Chiara! Jetzt kann ich verstehen, dass du mit der Clique nichts mehr zu tun haben willst!", sagte Mia mitfühlend.

„Genau!", antwortete ich und wechselte das Thema.

Auch wenn der Abend im Biergarten mit einer unangenehmen Begegnung und bösen Erinnerungen verbunden
war, so hatte ich wenigstens Mia zum Lachen gebracht und
sie, wenn auch nur für kurze Zeit, ihre Sorgen vergessen
lassen. Ich brachte meine Schwester nach Hause und wir
freuten uns auf ein baldiges Wiedersehen.

*

Mich brachte der Abend wieder zum Nachdenken. Diese
unangenehme Geschichte hatte ich eigentlich schon fast
vergessen. Vergangenes holt einen aber immer wieder ein!
Es prägt einen für das weitere Leben, auch wenn man
glaubt, mit allem Früheren abgeschlossen zu haben!

Schlechte Erinnerungen beschäftigten mich immer sehr
lange und ich war immer sehr froh, wenn alles in Verges-
senheit zu geraten begann. Aus jeder Beziehung versuchte
ich ein Resümee zu ziehen und aus dem Guten und dem
Schlechten Lehren abzuleiten, um wenigstens irgendwelche positiven Erfahrungen mitzunehmen. Andere Möglichkeiten hatte man ja auch nicht!

Mein blindes Vertrauen, meine Naivität und Gutmütigkeit
waren die Eigenschaften, die von den meisten Menschen
ausgenutzt wurden, ob im Berufsleben oder im privaten
Bereich. Diese Schwächen boten genug Angriffsfläche, um
mich zu verletzen. Aber ich war hart im Nehmen und
glaubte fest daran, dass jeder das bekam, was er verdiente!
Auch ich!!! Hatte ich denn Glück verdient?

Bei der Partnerwahl muss man mehrere Aspekte berücksichtigen. Das hatte ich nun mit der Zeit und der nötigen Erfahrung verstanden! Wenn ich andere Paare beobachtete, wurde ich in diesem Grundsatz nur bestätigt, denn viele Partnerschaften gaben ein erschreckendes Negativbeispiel ab.

Während ich auf dem Balkon meiner Eltern saß, entging mir nicht, wie ein Pärchen auf dem Nachbarbalkon am Tisch saß und frühstückte. Es schien, als hätten sich die beiden nichts mehr zu sagen. Der Mann mittleren Alters las schweigsam die Tageszeitung, die Ehefrau hatte sich nach dem Frühstück der Körperpflege gewidmet und lackierte gerade ihre Fußnägel. Es war schön zu sehen, dass nicht nur ich manchmal nichts Konstruktives mit meiner Freizeit anfangen konnte.

Ich konnte mir ein Schmunzeln nicht verkneifen, denn diese Situation der beiden Nachbarn kam mir sehr bekannt vor.

Mit Christian, meinem ersten richtigen Freund, saß ich damals am Frühstückstisch bei ihm zu Hause. Nach einer schönen gemeinsamen Nacht hatte ich mir den Morgen romantisch und harmonisch vorgestellt. Die Eltern waren schon aus dem Haus gegangen und ich freute mich auf das Frühstück zu zweit.

Wie das Pärchen, das ich im Moment beobachtete, saßen wir beide am Tisch.

Christian war in seine Zeitung vertieft und las den Fuß-ballartikel. Ich dagegen versuchte meine Enttäuschung zu verbergen und frühstückte gemütlich weiter. Es gab ja Menschen, die morgens ihre Ruhe brauchen. Christian war nicht nur ein Morgenmuffel, sondern auch ein Choleriker. Deshalb fragte ich ihn vorsichtig:

„Schatz? Magst du noch den letzten Toast haben?"

Es kam keine Antwort. Er hatte sich hinter seiner Zeitung verschanzt, so dass ich sein Gesicht nicht sehen konnte. „Christian?", fragte ich ihn wieder, diesmal etwas lauter. Nachdem er keine Reaktion zeigte, beschloss ich, die letzte Toastbrotscheibe selbst zu essen. Etwas genervt schmierte ich mir das Brot dick mit Nussnougatcreme und biss ge-nüsslich hinein.

Auf einmal legte er hastig die Zeitung nieder und schrie mich an: „Super! Jetzt isst du mir den letzten Toast weg! Du Egoist!"

Ich merkte wie mir langsam das italienische Blut zu Kopf stieg und ich mich nicht mehr zurückhalten konnte.

Wie frech konnte eigentlich jemand sein? Entschlossen und mit viel Wucht nahm ich meine Schokoladenbrot und klatschte es ihm mitten auf die Sportseite seiner Zeitung, die nun direkt vor ihm lag. Wütend fügte ich hinzu:

„So, da hast du deinen Toast!"

Es lag sicherlich nicht daran, dass man sich nichts mehr zu sagen hatte, wenn man nicht mehr miteinander sprach, es fehlten meistens einfach nur die richtigen Worte. Man hatte resigniert und fühlte sich vielleicht nicht mehr verstanden oder vom Partner bestätigt.

Es fehlte die notwendige Kraft oder Lust, über die eigenen Wünsche und Bedürfnisse zu reden.

In einer festgefahrenen Paarbeziehung hatten beide vielleicht die Einstellung, dass sich wahrscheinlich eh nichts ändert! Man nahm es einfach so hin wie es war, bevor man sich der Konfrontation stellte. Sicherlich wusste jeder, dass die Situation von alleine nicht zu retten war und sich von alleine nichts ändern würde. Vielleicht ließen sich deshalb immer mehr Paare scheiden, da sie dies als die einfachste Lösung ansahen.

Kommunikation ist etwas ganz Schwieriges. Man lernt als Kind zwar die ersten Worte und Sätze zu bilden. Ein gutes Gespräch kann man aber nicht mit sich selbst führen, denn es gehören immer mindestens zwei Personen dazu. Natürlich kann man auch niveaulose Gespräche führen, die nicht konstruktiv sind. Flache Konversation etwa, die man als Zeitverschwendung empfindet, aus Anstand aber dennoch mitmacht und dabei Themen erörtert wie: Wie wird das Wetter heute? Was haben Sie denn heute zu Mittag gegessen? Habe ich Sie etwa geweckt? Alles Fragen, die absolut uninteressant sind oder sich von selbst beantworten.

Aber Kommunikation in der richtigen Art und Weise kann im Leben sehr hilfreich sein und einen ein ganzes Stück weiter bringen. Die Kunst, etwas mitzuteilen, ohne dass der andere böse wird und ohne persönlich oder beleidigend zu werden, das ist sehr schwer und gelingt selten! Wir alle sollten vielleicht lernen, richtig zu kommunizieren!!!

Diese besondere Art der Verständigung muss auf der Fähigkeit beruhen, galant, aber direkt und deutlich mitzuteilen, was man will und was nicht! So ein Pflichtkurs an der Volkshochschule für alle länger als zweieinhalb Jahre verheirateten Paare würde die Scheidungsrate sicherlich senken!

Mit Hilfe der richtigen Kommunikation könnte man viele Missverständnisse im Voraus beseitigen, z.B. Unklarheiten darüber, welche Ziele, Interessen oder Wünsche der oder die andere für die Zukunft hat. Ob er oder sie sich Kinder wünscht oder heiraten will. Wie viele Leute trennen sich, weil sie merken, dass sie in diesen Dingen gegensätzlicher Auffassung sind, obwohl sie schon lange zusammen leben? Hätte man nicht vorher darüber reden können?

Es gibt sicherlich auch komische, launische und egoistische Menschen, bei denen aus ihrer eigenen Sicht alles in Ordnung ist in der Partnerschaft! Sie fühlen sich in ihrer Position so sicher, dass sie sich rührend um Kinder, Freunde, eigene Interessen kümmern, aber die anfänglich kleinen Veränderungen nicht bemerken und dann ganz entsetzt sind, wenn der Partner fremdgeht oder ankündigt, dass er sich trennen will!!!

Ist es denn normal, dass man sich nach einer langjährigen Beziehung nichts mehr zu sagen und keine Gemeinsamkeiten mehr hat? Ich fragte mich dies des Öfteren, aber eine

Antwort darauf hatte ich nicht gefunden, denn ich selbst hatte ja keinerlei Erfahrung bezüglich einer langjährigen Partnerschaft.

Es spielen bestimmt mehrere Faktoren eine Rolle. Das Alter, die Mentalität, Erziehung, Interessen und Hobbys. Und soviel hatte ich schon begriffen: Wenn einer seine Prioritäten auf sich selbst und seine eigenen Interessen setzt, nimmt er in Kauf, dass der andere Partner davon ausgeschlossen bleibt und in seiner Freizeit alleine ist. Und wenn es nicht nur ein Hobby ist, das die Partner nicht teilen, sondern ein weiter Bereich auch noch anderer Interessen?

Als junges Mädchen störte es mich zwar, dass Christian, mein erster Freund, laufend zum Fußballtraining musste und nie Zeit für mich hatte. Aber ich nahm es hin! Im verliebten jungen Alter akzeptierte ich es, denn ich wusste, wenn er sich zwischen dem Sport und mir hätte entscheiden müssen, hätte er den Sport gewählt!

Jeder ging eben mit *seinen* Freunden weg und verfolgte seine eigenen Interessen.

Natürlich musste jeder sich selbst verwirklichen und seine eigene Persönlichkeit entfalten dürfen.

Aber was war im Verhältnis von Nähe und Distanz das gesunde Maß? Wie lange würde eine solche Beziehung gut gehen? Wie lange dauerte es, bis man sich fremd wurde? Würde es im Alter besser werden? Was war, wenn die Kinder aus dem Haus gingen?

Eine lange Beziehung kann nur funktionieren, wenn beide Partner entwickelte Persönlichkeiten sind, und sie kann nur solange gut gehen, wie jeder genau weiß, was er will und was nicht!

Die Prioritäten im Leben ändern sich. Guter Sex alleine oder ein besonders attraktiver Partner imponieren einem irgendwann nicht mehr. Ist einmal dieses Stadium erreicht, kann es sein, dass man auf einen Schlag andere Ansprüche und Anforderungen an eine Beziehung stellt. Man sehnt sich auch nach intellektuellem Austausch, nach Gleichgesinnten, die dieselben kulturellen Interessen haben. Männer, denen ich intellektuell überlegen war, empfand ich immer als ganz schlimm. Ich war sicherlich nicht die intelligenteste, aber wenn ein Metzger fragt, was „mediterran" ist, dann muss da irgendetwas falsch gelaufen sein in der Erziehung!

Ich musste damit rechnen, dass ich in einer Partnerschaft mit der Zeit entdecken würde, dass sie mich nicht mehr befriedigte, genauso wie ich damit rechnen musste, dass es meinem Partner so ging. Und dann könnte es passieren, dass wir so wie das Paar auf dem Nachbarbalkon am Frühstückstisch saßen und das Positive und Schöne nicht mehr sahen! Dann hätten wir wie sie resigniert!

Deshalb wollte ich nicht so ohne weiteres heiraten und Kinder bekommen!

War meine Wahl zu kritisch? Der eine war zu dumm, der andere zu egoistisch, der dritte zu cholerisch oder einer konnte oder wollte keine Kinder haben.

Gab es denn überhaupt eine perfekte Lösung für mich?

Ich kam zu dem Schluss, dass ich sie nie finden würde. Bestimmte Kriterien und Voraussetzungen konnten sicher eine gute Basis für eine eventuell funktionierende Partnerschaft abgeben. Aber einen Garantieschein gab es nicht!!!

Es war schwer, das zu akzeptieren. Ich konnte es nicht fassen! Was war überhaupt Glück? Wieso konnte ich nicht einfach glücklich sein? Stand ich meinem eigenen Glück wirklich immer selbst im Weg?

Ich wollte es einfach wissen und hatte eine verrückte, aber geniale Idee!

Ich verfasste eine Karte, die der Reihe nach an bestimmte Freunde und Bekannte gehen sollte und auf der ich sie alle bat, mir bei der Beantwortung der Frage: „Was ist Glück?" zu helfen.

Diese Karte legte ich zusammen mit einer Liste der Adressen zur Weiterleitung in ein kleines Päckchen.

Jeder sollte sich die Mühe machen, das, was er selbst als Glück empfand, nur in Stichworten auf einem Blatt Papier zu erläutern, dieses dann in das Päckchen mit der Liste legen und an den nächstaufgeführten Empfänger weitersenden.

Der Letzte auf der Liste sollte das Päckchen mit all den Antworten an mich zurückschicken.

Ich hoffte, dass sich durch die Meinungen anderer mein Horizont in dieser Frage erweitern würde. Vielleicht konnte ich dadurch verstehen, was andere Menschen glücklich machte, und erfahren, was mir zu meinem Glück fehlte.

Nach sechs Wochen bekam ich mein Päckchen zurück. Ich war mir nicht sicher gewesen, ob mein Experiment klappen würde.

Umso mehr freute ich mich, dass alle sich an die Regel gehalten hatten und das Päckchen am Ende tatsächlich zu mir zurückgekommen war.

Was mich aber etwas irritierte, war ein Schreiben unter all den anderen von einem Absender, den ich nicht kannte! Otto Wagner? Dieser Name stand nicht auf meiner Liste. Neugierig fing ich an, seinen Brief zu lesen.

Liebe Chiara,

auch wenn ich nicht zu deinem Freundeskreis gehöre, möchte ich mich deiner Umfrage gerne anschließen.

Ich bekam durch Zufall dieses Päckchen per Post zugestellt. Natürlich konnte ich meine Neugier nicht zurückhalten und habe es geöffnet. Ich muss schon sagen, dass es eine sehr originelle und anspruchsvolle Idee ist, außenstehende Personen zur Definition Glück zu interviewen. Wenn ich die Stichworte deiner Freunde und Bekannten betrachte, ist nicht mehr viel hinzuzufügen. Lass uns doch einen Blick auf die Antworten werfen:

& Gesundheit

& Familie

& Freunde

& Liebe, geliebt werden

& Kinder

& Anerkennung

& Unabhängigkeit

& Freiheit

& ein Zuhause haben

& Geld und Ruhm

& Schönheit

& Sex

& ein treuer Ehemann/eine treue Ehefrau

& Schuhe/Kleidung

Anhand der vielseitigen und unterschiedlichen Antworten wirst du bemerken, dass jeder eine andere Definition von Glück hat. Es handelt sich eher um ein persönliches Empfinden. Ich persönlich definiere Glück als etwas Seltenes.

Nicht jeder hat das Glück, es zu erfahren. In jeder Lebensphase verändern sich unsere Prioritäten und Bedürfnisse.

Diese zwei Sachen verändern unser Empfinden bezüglich des Glücks. Ich frage mich, aus welchem Grund machst du dir die Mühe, dir andere Meinungen einzuholen? Kann es sein, dass du auf der Suche nach dir selbst bist?

Es ist sicherlich hilfreich zu sehen, dass viele Menschen große Ansprüche haben und manche nur kleine Dinge benötigen, um glücklich zu sein. Man lernt, dass viele selbstverständliche Dinge nicht selbstverständlich sind und leider nicht viele Menschen vom Glück besucht werden! Dadurch lernt man ebenso, das zu schätzen, was man selbst hat. Es hilft einem nicht weiter, andere um IHR Glück zu beneiden. Oftmals steht man bereits mitten im Glück, ohne es zu sehen.

Sein eigenes Glück erkennen und analysieren lernen, was einen persönlich glücklich macht, ist die Kunst des Lebens! Oftmals muss man kleine oder große Veränderungen im Leben durchführen, um endlich glücklich zu sein.

Ich habe nicht das Recht, dir gute Ratschläge zu geben, denn wir kennen uns nicht. Leider habe ich bis jetzt nicht die Möglichkeit gehabt, einen Menschen wie dich kennen zu lernen und zu erfahren, was sich hinter einer solchen Person verbirgt.

Zu meiner Person möchte ich vielleicht kurz anmerken, dass ich 54 Jahre alt bin und in Hamburg wohne. Es wird mir leider nicht mehr möglich sein, dich persönlich kennen zu lernen, da ich nicht weiß ob ich nur noch ein paar Wochen oder ein paar Monate zu leben habe. Die Ärzte haben bei mir einen bösartigen Darmkrebs im Endstadium festgestellt.

Deshalb, meine liebe unbekannte Chiara, möchte ich dir auf den Weg geben, dass für mich Glück das Leben selbst bedeutet!

Ich möchte dich oder andere nicht damit traurig stimmen, im Gegenteil, ich möchte Mut machen. Man befindet sich ganz oft schon mitten im Glück, man ist im Moment nur nicht empfänglich dafür oder man ist blind. Zu beschäftigt mit den negativen Einflüssen im Leben. Tagtäglich sollte man nachdenken über das, was man hat, und nicht über das, was man nicht hat!!!

Ich hatte ein aufregendes, zum Teil ärmliches, aber erfülltes Leben. Wenn Glück oftmals nur Momente sind im Leben, sind es jedoch diese Erinnerungen, die uns schwierige Zeiten erträglich machen. Richte dein Leben nicht nach den Anforderungen anderer. Bleib wie du bist und lerne das Leben anzunehmen und zu schätzen, wie es ist!

Auf diesem seltsamen Wege möchte ich Dir bei der Suche nach dir selbst und deiner Verwirklichung alles Liebe wünschen.

Otto Wagner

Dieser unerwartete Brief berührte mich so sehr, dass ich nun endlich zu begreifen begann. Der Sinn und Zweck dieses Päckchens lag offenbar darin, mir dabei zu helfen, in meinem Leben, über das ich nun schon so lange intensiv nachgedacht hatte, die entscheidenden Veränderungen vorzunehmen, um endlich glücklich zu werden. Musste mir erst ein wildfremder Mann die Augen öffnen, damit ich begriff, wie kostbar mein Leben war?

Nach knapp zwei Monaten hatte sich in meinem Leben tatsächlich vieles verändert. Ich spürte das Bedürfnis, mich bei Otto Wagner zu bedanken und wollte ihm das, was ich auf dem Herzen hatte, mitteilen.

So schrieb ich ihm noch einen letzten Brief.

Sehr geehrter Herr Wagner,

mit gemischten Gefühlen habe ich ihre Zeilen gelesen. Zum einem empfand ich große Freude und zum anderen große Scham. Da ich das Geschenk des Lebens als etwas Selbstverständliches angesehen hatte!

Ich muss Ihnen einfach für die ehrlichen und gut gemeinten Worte danken und Ihnen mitteilen, dass meine Suche ein Ende hat. Die notwendigen Veränderungen in meinem Leben habe ich getroffen, um nun endlich glücklich zu sein. Mut und Konsequenz habe ich dafür benötigt, aber ich habe es geschafft!

Zwei Monate sind nun vergangen, und ich hoffe aufrichtig, dass diese Zeilen sie noch erreichen!

Mein größter Wunsch war es schon immer, in Italien zu leben. Nun habe ich mit viel Glück einen neuen guten Job bei einer deutschen Bank bekommen und habe ein neues schönes Zuhau-

se. Den Schritt hatte ich bis dahin aus sicherheitsorientiertem Denken nie gewagt.

Mir fehlte die notwendige Energie, dies durchzusetzen. Aktiv widme ich mich meinem neuen Hobby, der Malerei. Ich wusste gar nicht wie schön es sein kann, sich ab und zu mit sich selbst und dem Papier zu beschäftigen.

Hier am Gardasee ist es wunderbar idyllisch. Die nötige Ruhe und Motivation ist in mich gekehrt. Es ist ein schönes Gefühl, zu wissen, wo man hingehört!

Vielen herzlichen Dank, dass Sie sich die Zeit genommen haben, mir zu schreiben. Gerade für Sie ist Zeit etwas Kostbares geworden, deshalb schätze ich ihre nette Geste umso mehr!

Ich wünsche Ihnen alles Liebe ....

Chiara D'Amore

Ich klebte den Briefumschlag zu und fragte mich, ob dieser Brief ihn noch erreichen würde.

„Chiara, mein Schatz, kommst du?"

„Ja, Enzo, ich bin gleich bei dir. Ich musste noch einem Freund danken und mit meinem alten Leben abschließen!"